일희희일비비

용진

하나

어쩌면 젊음과 방황은 같은 단어일지 모른다. 모양새와 소리는 다르지만 뜻은 같은 두 단어. 젊음을 푸르다 하고 푸르니 청춘이라 한다. 젊음의 색은 푸를지 모르나, 모양은 각지고 소리는 뭉개진다. 때로는 나를 찌르고 때로는 남을 찌르다 무뎌져 모난 각을 잃을 때. 그제야 나와 당신은 무던해질 뿐이다. 무던하기까지 얼마나 깎이고 또 깎여야 할까. 이리저리 헤매어 돌아다닌다는 뜻의 방황은 이리저리 헤매야 비로소 온전해진다. 헤매다 멈추고, 헤매다 돌아선다. 오늘도 방황한다. 온전한 오늘이다.

오락가락하는 날씨에 겉옷을 입었다, 팔에 걸치기를 반복한다. 버스를 타다, 이내 몇 정거장 먼저 내려 길을 걷는다. 푸름을 잃은 붉고 노란 잎을 사진으로 남기며 좋아하다, 그들의 결실이 땅에 떨어져 내뿜는 고약한 냄새에 인상을 찌푸린다. 나의 표정도. 나의 걸음도. 나의 기분도. 이리 헤매고 저리 헤매는 오늘이다. 어제도 다르지 않았고 아마 내일도 다르지 않을 테다. 어쩌면 젊음과 방황은 같은 단어일지 모른다.

최유리의 '방황하는 젊음'을 들으며

둘

"에라 모르겠다. 어떻게든 되겠지!" 하는 마음으로 살고 있다. 가끔 전해 오는 당신의 안부와 더 가끔 들려오는 모르는 이의 응원을 기억하며 살고 있다. 가끔 물어오는 당신의 안부는 나를 과거로부터 오늘로 꺼내온다. 아무것도 아닌 것 같지만, 아무것도 아닌 게 아닌 그 안부가 얼마나 큰 힘이 되는지 알까 모르겠다. 더 가끔 전해지는 모르는 이의 응원은 오늘에서서 내일을 바라보게 한다. 우두커니 혼자 서있는 것

같은 나에게 옆에 서서 말해주는 응원은 오늘을 살게
한다.

"에라 모르겠다. 어떻게든 되겠지!" 하는 마음은
그 덕에 가질 수 있는 마음이다. 모든 걸 혼자 하는 듯
보이지만, 혼자가 아니었다는 걸 알게 해준 말. 앞으
로도 혼자가 아닐 거라는 말 덕에 나는 굳건히 오늘을
살아간다. 오늘을 살아가는 데에는 많은 게 필요하지
않다.

셋

느지막이 시작한 일요일의 하루.

여전히 분주하지만, 어딘가 여유가 묻어있다. 곳
곳에 숨어있는 여유 덕에 다가올 내일을 감내할 수 있
는 걸까. 분주할 일도, 이유도 없는 나로선 멀찍이 떨
어져 바라볼 뿐이다. 오늘은 꼭 책에 집중하리라 다짐
하며 여전히 어색한 맥북은 책상 위에 두었다. 한결
가벼워진 가방에 각기 다른 외양과 내용의 책 세 권을

챙긴다. 크지만 얇은 시집과 작지만 두툼한 수필집. 그리고 중간의 소설집.

집을 떠나 길을 걸으며 "가을 한 가운데구나, 진짜 가을이구나." 내뱉는다. 곧 겨울이 올테고, 곧 이번 해도 끝나겠구나. 괜스레 싱숭생숭한 마음은 제쳐두고 걷는다. 지하철 한 정거장 조금 넘는 거리를 걸어 도착한 카페엔 일요일의 분주함과 여유로움이 적절히 섞여 있다. 차가운 아메리카노를 받아 홀짝이며, 무얼 읽을까 고민하다 작고 두툼한 수필집을 펼친다. 며칠 전 읽기 시작한 이 책은 중간중간 툭 하고 멈추는 순간이 많다. 멈춤의 순간들이 좋아 아껴 읽던 참이지만, 오늘은 아끼기엔 아쉬운 날이다.

책을 읽다 보면 문득 나의 글은 독자에게 어떻게 읽힐까 궁금해진다. 그들도 나처럼 읽을까. 글 너머에 있는 나를 궁금해할까 궁금하다. 아직 하고 싶은 이야기가 많다. 하고 싶고, 쓰고 싶은 이야기를 차곡히 쌓아둔다. 분주함과 여유로움. 따스함과 스산함이 한데

섞인 가을 한 가운데. 읽고 있는 글이 있고, 쓰고 싶은
글이 있어 다행이다.

천천히 차근히 사뿐히 걸어 보자.

넷

사실 별거 아닐 수 있다. 이제껏 해 온 고민이 말이다. 시간이 지나면 자연히 해결되던가. 그도 아니면 해결을 가장한 망각이 자리할 테다. 별거 아닐지 모르는 고민이라는 말이 그간 고민해 온 시간마저 별거 없었던 것으로 만드는 건 아니겠지만. 때로는 허송세월을 보낸 건 아닌가 하는 생각이 든다. 무언가 채워야 할 때 비우기만 한 건 아닐까 하는 생각. 빈틈을 메울 힘으로 애써 빈틈을 만들진 않았나 하는 생각. 생각들이 쌓이면 빈틈을 메우고 채워주지 않을까 하는 또 새로운 생각을 얹는다. 그저 나의 비움과 멈춤이 꽤나 쓸모 있었길 바랄 뿐이다. 허송한 세월을 지나는 중이다. 무용한 것들을 부러 찾는다. 그러다 문득 마주한 순간에 멈칫하며 잠시 숨을 고른다. 깊게 들이마시고 더 깊게 내쉰다. 끝에 다다르도록. 바닥을 툭 치고 다시 올라오도록. 다시 새 걸음을 내딛도록. 내일을 마주하도록.

다섯

　가끔 환기가 필요하다. 집도 사무실도 교실도 마음도 환기가 필요하다. 초등학생 시절, 아침 일찍 출근하는 부모님의 시간에 발맞춰, 나의 시간도 덩달아 빨랐다. 아침 밥을 먹고 아침 세수를 하고 아침 길을 걷는다. 군데군데 녹이 슬고 까진 교문을 지나, 중앙현관으로 들어서면 복도를 따라 교실이 주욱 이어져 있다. 선생님도 아직 오시지 않은 어두운 아침에 교실 뒷문을 열어 내 자리를 찾아, 가방을 내려놓는다. 그리고 동시에 눈물이 흐른다.

혼자인 게 서러워서 흐르는 눈물이 아니다. 뭐 그런 이유도 있겠다만, 이 눈물은 눈이 매워서 흐르는 물이다. 밤새 앞뒷문을 꼭꼭 닫고 있던 교실에 들어서면 왠지 모르게 공기는 따갑고, 맵다. 나는 누구보다 먼저 우는 아이가 되었다. 소매 춤으로 몇 번 눈물을 훔치다 이내 창문을 활짝 연다. 공기가 잘 통하게. 교실 앞문, 뒷문 모두 열고 불도 켠다. 그제야 흐르던 눈물은 멈춘다. 어떤 눈물엔 소매 춤이 아니라 환기가 필요하다. 닫힌 공간에 틈을 만든다. 바람이 드나들고 빛이 내리쬘 수 있도록. 따갑고 매운 공간일수록 더 그렇다. 나의 문도. 창문도. 활짝 열었다. 환기가 필요하다.

여섯

적당히 익숙하고 적당히 낯선 이곳에서, 모르는 이와 함께 말을 섞고 마음을 나눈다. 오가는 말과 서로 나눈 마음은 그리 크지도 그리 작지도 않다. 딱 적당히. 그 정도가 이곳에서 서로에게 줄 수 있는 충분함이라 생각하며.

때때로 울었고 그보다 더 많이 웃었다. 시월의 마지막과 십일월의 처음을 이곳에서 보내고 맞이했다.

두 달에 걸친 나의 시간은 날씨만큼이나 맑았다. 가을의 끄트머리, 겨울의 초입에 서서 여름을 붙잡는 오묘하고 야릇한 오늘은 이상하리만치 빛난다.

아무것도 하지 않아도 가득 차고, 많은 걸 해도 넘치지 않는 시간을 이제 놓아준다. 어쩌면 금세 지나갈 이 시간이 무용하다 할 수 있겠다. 다만, 삶은 때로 쓸모없음이 쓸모있음을 이기기도 한다 믿는다. 채우기보단 비워냄이. 새로움을 알기보단 잊고 있던 것을 기억해 내는 것이 쌓인 나날이다. 조금은 흐릿해졌지만, 여전히 지워지지 않은 모든 것들에 감사하며.

제주에서

일곱

망설이고 있다. 뒤를 돌아보는 것도. 새로운 걸음을 내딛는 것도. 모두 망설인다. 뒤를 돌아보자니 후회와 아쉬움으로 얼룩진 나를 보는 것 같아 망설인다. 앞을 보고 걸음을 내딛자니 어디로 가야 할지 도통 모르겠다.

이쪽이 맞나 조금 걸어보니 아닌 것 같고, 저쪽이 맞나 또 조금 걸어보니 아닌 것 같다. 이러지도 저러지도 못하고 움찔움찔하며 매일을 흘려보낸다. 허투루 보내는 시간이 아까우면서도, 어찌할 방도를 몰라 또 망설인다. 이러다가 정말 아무것도 아닌 사람이 될 것 같아 무섭다.

여덟

요즘 한 가지에 집중하지 못한다. 진득하게 책을 읽고 싶어 자리에 앉아 몇 장 읽으면 이내 핸드폰을 확인한다. 새로 온 연락이 없음에도 확인한다. 남들은 이 시간에 무얼 하며 보내고 있나 자그마한 화면을 들여다본다. 그들은 관심 없겠지만, 나는 관심 있는 척하며 휘리릭 그들의 일상을 넘긴다. 그러다 눈을 꼭 감고 머리를 긁적이며, 다시 홀드 버튼을 눌러 화면이 아래로 가도록 뒤집어 놓는다. 분명 책을 읽으려 했었다. 읽다 만 페이지를 찾아 다시 읽어 내려간다. 음. 음. 하며 읽는다. 몇 분 지났을까. 구태여 뒤집어 놓았던 핸드폰을 다시 반대로 뒤집어 홀드 버튼을 누른다. 몇 분 전에 했던 행동의 역순으로.

여전히 새로 온 연락은 없다. 남들은 이 시간에 무얼 하며 보내고 있나 확인한다. 역시나 그들의 일상도 크게 달라지지 않았다. 작은 화면 속, 더 작은 네모난 사진에 담긴 모습이 그들의 일상인지는 모른다. 다만 해시태그와 함께 일상이라 일컫기에 그렇게 믿고 바라본다. '당신은 이렇게 사는군요.' 하며. 그러다 그의 일상이 부러워진다. 얼마 전에 여행을 다녀온 것 같은데 또 여행하는구나. 역시 좋은 회사에 다녀서 그런 건가. 일은 언제 하는 거지. 혼자 갔나. 숙소도 좋아 보이네. 아마 이런 생각을 하라고 올린 사진일 테다. 부러워하라고. 나는 이렇게 살고 있단다. 너는 어떻게 살고 있니. 한 번 자랑해 보렴.

그가 몇달 간 힘들게 일하며 기다리고 기다리던

휴가였다는 것과 좋은 회사인 것 처럼 보이지만 매일
야근에, 소화제를 달고 살고 있다는 것은 사진에 담기
지 않는다. 그저 나는 당신의 가장 빛나는 지금을 네
모난 화면으로 보고있다. 그러다 남루한 나의 모습을
바라본다. 다시 핸드폰 홀드 버튼을 누르고 화면을 뒤
집어 놓는다. 몇 분 전과 다름없이 읽었던 페이지를
찾는다. 손은 책장을 넘기고 눈은 위에서 아래로, 왼
쪽에서 오른쪽으로 옮겨가지만, 머릿속에 남는 내용
은 없다. 결국 책을 덮고 깊은 한숨을 내쉰다. 내쉰 한
숨이 바닥에 깔린다. 머리가 지끈 아프다. 내가 얻은
건 무엇일까. 책의 저자가 건네는 이야기는 나에게 와
닿았을까. 머릿속으론 읽었지만, 그저 검정 활자를 눈
으로 읽은 것뿐이다. 손으론 책장을 넘겼지만, 하얀
종이만 만진 것뿐이다.

　　세상과 더 쉽게, 더 많이 소통하기 위해 쓰는 많은
것들이 나를 진짜 세상과 단절시키고 있다. 진짜 세
상엔 네모만 있지 않다. 진짜 세상엔 동그라미, 세모,
별, 그리고 이름 모를 모양이 가득하다. 어떤 건 점이

고, 어떤 건 선이며, 또 다른 어떤 건 그 둘도 아니다.
나는 지금 진짜 세상에 살고 있는 걸까. 진짜라고 믿
고 싶은 세상에 살고 있는 걸까. 헷갈리는 요즘이다.

아홉

나를 괴롭히는 단어들이 몇 있다.

성장 과정 및 가족 사항. 학교생활 및 전공 분야.
직장 및 사회생활. 자원봉사 및 외부 활동 경험. 지원
동기 및 향후 계획. 기타. 얼마나 각지고 딱딱한 지 살
짝만 건드려도 찔릴 것 같다. 분명 질문인데 물음표
가 없다. 둥글둥글 귀 모양새와 비슷한 물음표가 아니
라 단호한 온점으로 끝나 있다. 괜히 답하기 싫다. 정

말 궁금해서 묻는 건지 모르겠다. 그저 그 자리에 있어야 하기 때문에 있는 것 같다. 뾰로통하게 있다고 해서 달라지는 건 없다. 단호한 질문은 언제나 그대로 있다. 답해야 하는 건 나다.

답하려면 답할 수 있다. 그럴듯하게. 내가 궁금해지게. 이 자식, 얼굴은 한 번 봐야겠는걸 싶게. 그런데 며칠 동안 단 한 글자도 적지 못했다. 깜빡이는 마우스 커서만 무심히 바라볼 뿐이다. 얼마나 열심히 깜빡이는지 쉬지도 않는다. 느려지거나 빨라지지도 않는다. '회사에서 원하는 인재는 마우스 커서 같은 사람인가.' 하는 실없는 생각이 머릿속을 채운다. 언젠가, 나이가 들어 늘어나는 건 살과 겹뿐이라는 글을 쓴 적이 있다. 역시 글에는 힘이 있는 걸까. 늘어나는 살과 겹에 파묻혀 허우적대고 있다.

쓰고 싶은 글이 있다. 쓰고 싶은 글을 쓰기 위해 쓰고 싶지 않은 글을 써야 한다는 것쯤은 아는 나이가 되었다. 그럼에도 불구하고 단 한 글자도, 한 걸음

도 앞으로 나아가고 있지 않은 나를 바라본다. 예전
같았으면 한심하다 생각했을 모습이다. 불행인지 다
행인지 한심해 보이진 않는다. 다행이라 생각하고 싶
다. 상상이 되지 않는다. 네모난 파티션이 디근 모양
으로 서 있는 곳에서 네모난 책상에 놓여있는 네모난
화면을 보고 있는 나의 모습이. 똑같은 매일을 살아내
야 하는 나의 모습이. 한 번의 경험이 되려 발목을 잡
는다.

나는 또다시 나를 잃고 싶지 않다.

열

부쩍 화가 많아졌다. 예전 같았으면 웃어넘겼을 말도 쉽게 흘려보내지 못한다. 구태여 마음속 깊숙이 담아 곱씹고 또 곱씹는다. 한 번 마음속에 담긴 말은 마음 곳곳을 옮겨 다닌다. 그러다 이곳을 찌르고 저곳을 찌른다. 그럴 때마다 움찔한다. 가던 걸음을 멈추고, 보던 시선을 거둔다. 안으로 곪은 상처는 겉으로 보이지 않는다. 그럴듯한 표정과 그럴듯한 말로 포장한 하루를 살아낸다. 잘 지내고 잘 살고 있어 보이게.

이내 상처는 그 모습 그대로 굳는다. 피가 나고 고름
이 나던 자리엔 딱딱한 딱지가 앉는다. 시간이 지나면
딱지는 떨어질 테다. 그때를 기다린다. 한 번 흘러 들
어온 말은 내 힘으로 주워 담을 수 없다. 그저 기다리
고 또 기다린다. 피가 멎고 딱지가 앉고 떨어질 때까
지. 그럼 언젠가 얼핏 기억하는 흔적이 되겠지 하며.

거절에 익숙해지는 중이다.
거절당하고 거절하는 것에 익숙해지는 중이다.
나를 지키는 중이다.

열하나

사진을 찍지 않는 날이 거의 없다. 터치 한 번이면 어디서든 순간을 기록할 수 있는 탓에 자칫 흐릿해질 수 있는 장면도 선명하게 남겨진다. 그러다 간혹 아무 사진도 찍지 않는 날이 있다. 그런 날은 대부분 한 번도 하늘을 올려다보지 않았거나, 누구도 만나지 않은 날이다. 작은 방 안에서 혼자 하루를 보내면 특별할 것이라곤 없다. 똑같은 곳에서 일어나 똑같이 씻고, 똑같이 먹고, 똑같이 잔다. 밖으로 나가도 크게 달라지지 않는다. 서울의 하늘은 어느 도시보다도 좁다. 건물에 갇힌 하늘을 바라볼 때면 괜스레 슬퍼진다.

오늘은 한 장의 사진도 찍지 않았다. 특별할 것 없이 지나간 하루다. 아침에 느지막이 일어나 밥을 챙겨 먹고, 이것저것 챙겨 동네 카페로 왔다. 써지지 않는 글을 쓰며 머리를 긁적이다 끝나가는 하루다. 사진으로 남기지 않은 오늘을 돌아보니 조금은 아쉽다. 날씨는 맑았고, 바람은 선선했다. 가을을 버티다 떨어지는 낙엽은 바닥에 소복이 쌓여 있고, 그 위를 걷는 사람들의 발걸음은 바스락 소리와 함께 포근했다. 아마 곧 해가 질 테고, 어두운 밤하늘과 밝은 가로등 밑에서 사람들은 사랑을 말할 것이다. 집으로 돌아가는 길엔 조금 천천히 걸어보려 한다. 아무 일도 일어나지 않은 보통의 오늘을 천천히 누리고 하늘의 달이든, 땅의 낙엽이든 사진으로 남기려 한다. 언젠가 그리워할 오늘을 기억하기 위해. 보통으로 가득한 날도 꽤 괜찮았지, 읊조리기 위해 남기려 한다.

열둘

가는 날이 장날이라 했던가. 오랜만에 찾은 카페를 둘러싸고 공사가 한창이다. 사실 공사는 대로에서 골목으로 들어오는 초입부터 하고 있었는데, 카페까지 이어질 줄은 몰랐다. 연말이라 그런지 유독 도로공사가 많은 요즘이다. 매캐한 연기와 독한 냄새를 뚫고 매장에 들어섰다. 빠르게 변하는 세상에서 변함없이 그 자리를 지키고 있는 무언가가 있다는 건 존재만으로 큰 힘이 되곤 한다. 공간이든 사람이든 한결같기란 참 쉽지 않다.

건포도와 초콜릿 뉘앙스가 기대되는 코스타리카 내추럴 필터 커피를 주문했다. 커피가 만들어지길 기다리며 주위를 둘러본다. 여전히 매장을 둘러싸고 공사는 분주하다. 분주한 창밖을 배경으로 한 매장 안은 고요하다. 은은한 음악 소리에 더해 사람들의 말소리가 섞인다. 드문드문 귓속으로 그들의 이야기가 들어온다. 옆 테이블은 직장 동료인 듯하고, 그 옆옆 테이블은 운동 후 커피 한 잔과 함께 몸을 느슨히 푸는 중인 듯하다. 건너편 테이블엔 유아차를 끌고 들어온 젊은 어머니와, 쌀과자를 먹는 아이가 있다. 그리고 그 옆엔 한 연인이 소곤소곤 이야기 중이다.

주위를 둘러보며 흘러 다니는 말소리를 주워 담다 보니 어느새 커피는 내 앞에 놓여있다. 기대했던 대로. 기대보다 더 향긋하고 맛이 좋다. 커피는 어디에서나 마실 수 있다. 한 집 건너 한 집에 카페가 있는 요즘이다. 그런데도 나는 지하철을 환승하고 또 걸어야 하는 이곳에 와 있다. 무언가 이끄는 것엔 그만한 매력이 있다. 멀어도 찾고 싶은 카페라던가. 조금 비싸지만, 맛이 궁금한 커피 같은. 기대했던 것처럼 좋기도 하고, 때로는 기대에 미치지 못하기도 하지만, 언젠가 다시 한번 또 찾게 되는 그런 매력.

매력은 모든 게 완벽하고, 반듯하며, 빈틈이 없어야 느껴지는 게 아니다. 어딘가 모자라고, 가끔 어수룩하더라도 충분히 아름답고 좋은 무언가. 내가 바라고, 되고 싶은 나의 모습이다. 더도 말고. 덜도 말고.

열셋

불안에 잠식당하는 나날이다. 불안은 어디에서 올까 고민하며 하루를 통째로 날리기도 한다. 생경한 곳에서 낯선 장면을 마주하면 조금 나아질까 몸을 움직여 보기도 하고, 익숙하고 편안한 곳으로 가면 괜찮지 않을까 또 몸을 움직이기도 한다. 모두 아니다. 낯선 곳에서도 불안하고, 익숙한 곳에서도 불안하다. 불안의 늪에 침잠해 버린 나다. 헤어 나오려 발버둥 치면 칠수록 점점 더 가라앉는 늪에 잠기고 말았다.

누군가 내 손을 잡아 주길 바라며 하염없이 밖을 바라본다. 아무도 없다. 그 누구도 없다. 점점 더 빠져 들어 간다. 더 이상 앞이 보이지 않는다. 손끝까지 있는 힘을 다해 몸을 끄집어내 보려 하지만, 나를 끌어 당기는 바닥의 힘은 이길 수가 없다. 그렇게 나는 완전히 늪에 빠졌다. 바닥이 어딘지도 모른 채 끈적이는 펄 속에서 버둥거린다.

끝은 어디일까. 끝은 있을까. 나의 늪에 바닥이 있을까. 바닥을 딛고 일어설 수 있을까. 다시 땅 위에서 세상을 보고, 세상을 겪어낼 수 있을까. 오늘도 허우적대다 지쳐 잠에 든다. 내일이 왔으면 좋겠다.

열넷

세차게 비가 내린다. 우산을 챙겨와 다행이다 싶지만, 내리는 비는 챙겨 온 우산이 머쓱할 정도로 쏟아진다. 구멍이 숭숭 뚫린 소재의 운동화를 신고 집 밖을 나선 과거의 내가 우습다. 분명 비가 온다는 예보를 듣고 우산을 챙겼으면서 신발은 왜 이 모양이람. 역시나 빗물은 숭숭 뚫린 구멍으로 잘 들어온다. 한 손엔 가방, 한 손엔 우산, 젖어가는 운동화, 결국 흠뻑 젖은 양말. 기분마저 축축하다.

준비한다고 해서 모든 걸 대비할 수는 없다. 분명 이 정도면 막아낼 수 있겠지 하며 집을 나섰다. 문제는 예상치 못한 곳에서 발생한다. 빗속에서 갑자기 접히는 삼단 우산이라던가. 걸을 때마다 찍찍 물이 새어 나오는 운동화 같은. 미처 준비하지 못했거나, 준비했어도 어쩔 수 없을 때. 비에 젖고 만다.

결국 바지까지 젖게 만드는 비를 이길 수 없어 근처 프랜차이즈 카페에 들어왔다. 평소엔 잘 오지 않던 곳인데, 이럴 땐 참 반갑고 고맙다. 따뜻한 페퍼민트 티를 주문하고 자리에 앉아 축축한 양말과 축축한 기분을 말린다. 예상했던 비에 호되게 당하고, 예상치 못한 공간이 피난처가 되어준 오늘이다.

아이러니한 오늘이다.

열다섯

"사람들이 단풍 보면서 좋아하는 거. 그거 가끔 이상하지 않아? 죽어가는 거잖아. 일 년 동안 살다가. 난 좀 그렇던데."

"살아있잖아. 나무는. 그리고 잠시 쉬었다가 다시 새순이 나고 꽃을 피우잖아. 어쩌면 사람들은 그 과정을 좋아하는 거 아닐까? 단풍은 눈에 보이는 시간이잖아. 새로움으로 가는 과정 같은."

열여섯

카페에 앉아 책 읽는 시간을 좋아한다. 책이 좋고 커피가 좋고 그것 모두를 즐길 수 있는 카페가 좋다. 카페는 사람이 모여야 비로소 완전해진다. 군중 속의 한 명이 되는 순간 나도 존재함을 느낀다. 그들을 바라본다. 저마다의 표정과 말소리가 공간을 메운다. 때론 소란하고, 때론 적막하다. 그들의 소리를 배경 삼아 글을 읽고, 글을 쓴다.

이제 곧 겨울이다. 가장 사랑하는 계절인 겨울은 올해를 배웅하고 새해를 마중하는 길목에 서 있다. 그래서일까. 겨울은 헛헛하고 쓸쓸하지만, 동시에 설레고 반짝인다. 추운데 따뜻하고, 외로운데 충만하다. 오늘은 가장 좋아하는 카키색 점퍼를 입었고, 맛있는 커피를 마시며 카페 창밖으로 이미 성큼 다가온 겨울을 바라보았다. 곧 지나갈 올해와 이내 다가올 새해를 바라보았다.

굳이 올해를 정리하지 않는다. 굳이 새해를 계획하지 않는다. 그저 지난 어제였고, 다가올 내일이라 생각한다. 숫자로 정리되는 일련의 과정과 결과를 외면한다. 숫자는 솔직하고 정확하다. 틀림이 없다. 그런 이유일까. 대부분의 비교는 숫자로 시작되고 숫자로 끝난다. 올해는, 오늘은 숫자에 갇히지 않으려 한다. 숫자로 증명되지 않는 가치가 있다 믿으며 배웅하려 한다. 곧 지나갈 겨울의 따뜻한 뒷모습을 잊지 않으려 노력할 뿐이다. 잔뜩 웅크리지 않으려 노력할 뿐이다.

열일곱

특별히 무언가를 하지 않아도 되는 나날을 보내고 있다. 같은 시간에 일어나, 같은 시간에 지하철을 타고, 같은 공간에서 일하며, 날마다 달라지는 퇴근 시간에 점점 잃어가는 나를 보지 않아도 되는 나날이다. 특별히 무언가를 하지는 않지만, 끊임없이 무언가를 하는 나날을 보내고 있다. 아침밥은 꼭 챙겨 먹고, 하늘 보는 것을 잊지 않고, 사랑하는 이에게 안부를 건네고 받으며 하루를 보낸다. 아침을 챙겨 먹을 때는 자그마한 좌식 테이블 위 그릇에 담긴 엄마의 사랑을 본다. 입을 거쳐 몸속으로 들어오는 직접적인 사랑의 표현은 피가 되고 살이 된다. 세상에 나올 때부터 오늘에 이르기까지 나를 키운 건 변함없는 이 사랑이었다.

집을 나서 길을 걸으며 부러 하늘을 본다. 사람이 많이 모이는 곳일수록 하늘을 막아서는 것들이 많다. 층층이 쌓인 높은 건물. 전봇대와 얽힌 전깃줄. 낮에도 반짝이며 밤에는 더욱 휘황찬란한 네온사인. 본래 넓었던 하늘은, 인위적인 것들에 가려져 작아진다. 그래서 간혹 그 틈을 비집고 하늘이 보일 때면 걸음을 늦춘다. 오늘은 구름이 빠르게 흐르네. 오늘은 유독 하늘이 하늘색이네 혼자 읊조리고 하늘에 속삭인다.

그러다 사랑하는 이에게 안부를 건넨다. "잘 지내냐." 묻는다. 돌아오는 답은 "어쩐 일이냐 먼저 연락을 다 하고."가 대부분이다. 그동안 건네지 않았던 안부를 이제야 건네 미안하지만, 달리 어찌 답해야 할지 몰라 머쓱하게 웃는 나다. 귀로 전해지는 음성이든 눈으로 보이는 활자든 서로가 서로에게 주고받는 안부는 서로를 살게 한다. 시답잖은 이야기를 나눈다. 그러다 문득 하늘 좀 보라며 더 시답잖은 이야기를 건넨다. 오늘 하늘 참 하늘답다. 하늘이 하늘색이라며. 한번 하늘 좀 보라 말한다. 우리 가끔 하늘은 보고 살자. 그럼 또 하루를 살아갈 힘이 생기더라 말한다.

비록 집을 떠나 작은 방에서, 더 작은 식탁에서 먹는 소박한 끼니지만, 그릇에 담긴 모든 것은 사랑이었고, 유난히 깨끗한 오늘의 하늘은 위로였다. 무심한 친구의 안부에 반가워하는 당신의 음성은 힘이었다. 특별하지 않은 것 같은 소소한 것들이 모이고 쌓여 특별한 오늘을 만든다.

열여덟

예상치 못한 순간을 마주하면 누구나 당황한다. 그 정도만 다를 뿐. 나는 당황의 정도가 무지 큰 편이다. 눈이 휘둥그레지는 것을 시작으로 목소리는 커지고 높아진다. 예상치 못한 순간은 익숙한 곳이나 상황에서 맞닥뜨리기 쉽다. 익숙하기 때문에 방심하다 쿵하고 마주한다.

한 달에 두어 번 가는 카페가 있다. 자주 간다면 자주 가는 것일 테고, 아니라면 아닌 정도. 그래도 한 달이 또 한 달이 되고. 또 한 달이 되어 일 년이 넘었으니, 꾸준히 듬성듬성 간다는 표현이 알맞다. 공간이며, 공간을 이루는 사람이며 어느 것 하나 빠짐없이 좋은 곳이다. 하루 종일 힘들 법도 한데 공간을 지키는 주인은 참 주인답다고나 할까. 매 순간 밝게 웃으며 오가는 손님을 맞이한다. 기분이 울적하다가도 카페에 들어서면 조금은 나아지는 것 같은 착각이 들곤 한다. 주인이 주인답기가 참 쉽지 않은데, 매번 그것을 해내는 그와 그들이 존경스럽다.

혼자 있길 좋아하는 성격이라 자주(꾸준히 듬성듬성) 가는 곳이라 해도 그곳의 주인과 많은 이야기를 하진 않는다. 특별한 이유는 없다. 서로의 존재는 분명 알고 기억하지만, 서로의 거리를 유지하는, 적당한 가까움이 좋다. 그래서 이 곳의 주인과도 지금껏 크게 말을 섞지 않았다. 자주 먹는 원두가 떨어졌으면 먼저 이야기해 주는 정도. 바뀐 원두에 관해 자세히 이야기해 주는 정도. 딱 그 정도.

*

비가 내린다. 십일월의 허리를 지나는 날이라 작은 비도 크게 다가온다. 더 세차고, 더 차갑다. 우산 끝을 타고 내려와 어깨를 적시는 빗물을 몇 번씩 털어내다, 이내 포기한다. 어느새 앙상해진 가로수를 보고, 빗길을 빠르게 달리는 차를 멀리 보내고, 천천히 걷는다. 시간도 빠르고, 차도 빠른데 굳이 나까지 빠를 필요는 없다.

역시 만석이다. 이 공간을 편하게 느끼는 건 나만이 아닌듯하다. 카페 안을 두리번거리며 빈자리를 찾다 다행히 비어있는 작은 테이블을 찾아 가방을 내려놓는다. 평소처럼, 그러니까 꾸준히 듬성듬성 오던 여느 날과 같이 카운터로 가 주문을 한다. 빗속을 벌벌 떨고 온 터라 따뜻한 라테가 제격이다. 커피를 주문하고 카드를 되돌려받으려는 찰나. 공간의 주인은 환하게 웃으며 카드와 함께 책을 내민다. 내가 쓰고 만든 책이다.

예상치 못한 순간은 이런 때다. 익숙한 공간에서 맞닥뜨리는 예상치 못한 순간. 눈은 휘둥그레지고 "어?"하는 소리는 비명에 가깝다. 그런 나를 바라보며 "오시길 기다렸어요. 마침 읽고 있었는데! 책이 너무 재미있어요." 옆에 있던 그녀는 "사인해 주세요. 여기 매직. 아, 펜이 더 편하실까요?" 두 귀에 들어오는 그들의 말에, 책을 받아 들고 허둥지둥하던 나는 다시 자리로 돌아가 끄적이려 하는데, 그 모습을 옆에서 지켜보던 그는 "제가 피해드릴게요. 하하하" 한마디 건넨다.

책 표지를 펼쳐 끄적이면서도 놀란 가슴은 쉽게 진정되지 않는다. 못 쓰는 글씨로 짧게 마음을 적고는 다시 카운터로 향한다. 무어라 말하고 싶지만, 이럴 때 누구보다 작아지는 나다. 벌겋게 달아오른 얼굴로 책을 건네고 "감사해요. 너무 놀랐어요." 한마디 남긴다. 그러고는 아무 일도 없었다는 듯 다시 자리로 향한다. 몇 분 뒤, 앙증맞은 하트 두 개가 띄워진 따뜻한 라테는 여느 날과 마찬가지로 나에게 건네진다. 그리고 다시 나는 손님으로, 그는 주인으로 돌아간다. 커피는 여전히 맛있고 소란한 듯하지만, 조용한 공간은 여전히 포근하다.

*

사람은 예상치 못한 일을 만날 때 당황한다. 그래서 최대한 예상치 못한 순간을 만들지 않기 위해 노력한다. 변수를 만들지 않고, 작은 것까지 계획한다. 그런 계획과 결과가 쌓여 평균이 되고 보편이 된다. 그 평균치에 들지 않거나, 보편의 길을 걷지 않으면 어딘가 모자라고, 뒤처지는 것 같다. 그런데 우리의 삶은. 아니, 적어도 나의 삶은 수많은 변수가 가득하다. 예측하고 예상하지 못한 것들이 사방에서 튀어나온다. 가끔 그것에 된통 혼나기도 한다. 넘어지기도 하고 울기도 한다. 그와 동시에, 예상치 못한 그것이 나의 오늘을, 나의 삶을 반짝 빛나게 하기도 한다. 어쩌면 몇 안 되는 반짝 빛나는 그 순간이 나를 살리는지도 모른다. 무미건조한 일상을 살아내다 마주치는 그 순간이 모여 기억을 이룬다. 그러다 문득 기억 속에 파묻혀 있는 반짝이던 순간을 꺼내 보며 "꽤 괜찮은 하루였다." 말한다. 꽤 괜찮은 하루가 모여 오늘의 내가 있다. 오늘도 덕분에 잘 살았다 기억한다.

나중에 문득 꺼내 볼 만한 오늘이다.

열아홉

일상에서 문득 튀어나오는 말의 뜻이 궁금할 때가 있다. 흔히 쓰고 흔히 듣는 말. 너무나 흔해 그 뜻을 고민하거나 사전을 찾아보는 행위는 하지 않는 말. 그런데 가끔 그런 말이 귀에 걸릴 때가 있다. 그럴 때마다 알고 있던 뜻이 맞나 찾아본다. 오늘 귀에 걸린 말은 '뻔하다'. 입으로, 귀로 수도 없이 드나들었던 말. 사전 속 '뻔하다'는 뻔하지 않게도 많은 뜻을 가지고 있는데, 흔히 쓰는 '뻔하다'의 뜻은 첫 번째가 아닌 두 번째에 있다. 어떤 일의 결과나 상태 따위가 훤하게 들여다보이듯이 분명하다. 그리고 그 위에, 가장 첫 번째에 있는 '뻔하다'의 뜻. 어두운 가운데 밝은 빛이 비추어 조금 훤하다.

매번 쓰고 듣던 '뻔하다'의 뜻 위에 있는 다른 뜻이 유난히도 생경하다. 어두운 가운데 밝은 빛이 비추어 조금 훤하다. 오늘이 어제 같았으니, 내일도 오늘 같겠지 하며 또 뻔한 하루를 보낼 생각에 조금은 울적하던 내게 새로 알게 된 '뻔하다'의 뜻은 큰 위로가 된다. 매일이 반짝일 수 없듯 매일같이 어둡지도 않을 거라는 위로. 어두운 가운데 빛이 비출 거라는 위로. 덕분에 오늘 조금 훤한 하루를 보냈다. 내일도, 그리고 내일의 내일도 조금씩 더 뻔한 하루가 이어지길 바란다. 그러다 보면 두 번째 '뻔하다'의 뜻에도 이내 고개를 끄덕일 날이 오지 않을까. 어떤 일의 결과나 상태가 훤히 들여다보이는 것만큼 편안함에 이르는 말이 또 있을까. 불안에 침잠한 요즘, 여러모로 뻔한 오늘을 보내 참 다행이다.

스물

사랑의 크기를 가늠할 수 있을까. 눈에 보이지 않고 귀로 들을 수 없는 사랑을 가늠할 수 있을까. 사랑한다 사랑한다 사랑한다 많이 외친다면, 사랑의 크기가 큰 걸까. 작든 크든 보이지 않는 마음을 조금이나마 볼 수 있게 물성을 지닌 것으로 전하면 그것이 사랑의 증거인 걸까. 우리는 서로가 서로를 사랑한다. 사랑 없이는 아무것도 아닌 것처럼 생각하고, 말하고, 행동한다. 그런데 사랑이 무엇이냐 물으면 명쾌히 답하지 못한다. 그저 자신이 경험했던 사랑의 형태와 느낌을 나열한다.

그래서 다행이다. 수학 공식처럼 딱 떨어지지 않아서 다행이다. 오직 하나의 답만 따르지 않아도 되는 것 하나쯤은 있어도 좋지 않을까. 그리고 그것이 사랑이라면 더할 나위 없지 않을까. 나의 사랑과 너의 사랑이 다른 건 어쩌면 당연한 거라고. 사랑의 모양만 다르지, 그 크기의 크고 작음을 따지진 않아도 되지 않겠냐며 이야기 하고 싶다. 다만, 나는 오늘도 당신의 모양을 닮아가려 힘쓴다고. 그리고 힘쓰는 이 순간이 아깝지 않다 말하고 싶다.

어쩌면 나도 정말 사랑을 하는가 보다. 이 마음이 사랑이라면 잘 어루만져 어여쁜 모양으로 만들고 싶다. 당신에게 가닿길 바라며. 어젯밤 잠은 잘 잤는지. 오늘 아침 일어나기 힘들진 않았는지. 회사에서 오가는 날 선 말에 혹 상처받진 않았는지. 묻고 싶다. 고된 일상을 살아내는 당신의 오늘에 내가 항상 함께하겠다고 말하고 싶다. 많은 걸 해주지 못하고 근사한 약속은 할 수 없지만, 한 가지 지킬 수 있는 것은. 당신을 외롭게 하진 않겠다는 말을 서툴지만, 꼭 전하고 싶다. 나는 작은 사람이지만, 너른 당신의 마음 덕에 오늘도 살고 있다 말하고 싶다. 힘들 땐 당연히, 힘들지 않아도 언제나 기댈 수 있는 내가 되겠다 다짐한다. 덕분에 사랑을 배운다.

행복한 사람이 있어 행복한 곳이 되는지
행복한 곳에 있어 행복한 사람이 되는지 모르겠다.

밝은 조명과 더 밝은 햇빛 아래
행복한 곳에 행복한 사람이 한가득이다.

다행히 나도 이곳에 있다.

스물하나

뭐든 남들보다 한 걸음 늦다. 유행하는 밈이나 유행하는 말 모두 그 유행이 한참 지난 뒤에야 알게 된다. 유행을 따라가려 애써보기도 했지만, 맞지 않는 걸음걸이로 걷다 보면 가랑이만 찢어질 뿐이란 걸 깨닫고는 굳이 애쓰지 않는다. 병에도 유행이 있다면 나는 한참 지난 지금, 그 유행에 닿았다. 감염 고위험 시설로 분류되는 직장에서 일할 때도, 매일 불특정다수의 고객을 대하는 매장에서 일할 때도 걸리지 않았던

코로나19가 2023년 끝자락에 나를 덮쳤다. 덮쳤다는 말이 맞는 것이, 지난 며칠간 정말 아무것도 할 수 없을 정도로 아팠다. 24시간 중 20시간을 침대에서 보내며 잠을 잤다. 머리카락 한 올 한 올이 살아있는 것처럼 조금만 움직여도 머리는 울렸다. 식은땀은 이불을 적셨고, 따뜻한 물을 아무리 마셔도 목은 탔다. 입맛까지 빼앗아 간다는 야속한 병이라 들었는데 다행히 나의 입맛은 뺏지 못했고, 매 끼니 잘 챙겨 먹은 덕에 수일이 지나니 몸은 조금씩 원래의 모습으로 돌아왔다.

몇몇 사람들을 보니, 격리 기간 동안 그간 못 읽었던 책을 읽는다든가 글을 쓴다든가 하는 것 같아 그들을 따라 해 볼까 했다. 그런데 나는 책을 읽기도 글을 쓰기도 귀찮았다. 이게 그 무서운 무기력증인가 싶었지만, 그냥 나의 귀찮음이라 생각하고 있다. 그저 아껴 두었던 드라마를 보았고, 질리도록 뉴스를 보았다. 크게 힘들이지 않아도 할 수 있는 것들을 하니 힘이 차곡차곡 쌓이는듯하다. 그리고 지금은 어느 때보다

가뿐하다. 진정한 휴식을 취한 느낌이다. 분명 너무 아팠는데 왜 가뿐할까 생각한다. 골고루 먹고 아무 일도 하지 않은 이유도 있겠지만, 가장 큰 이유는 잘 잤기 때문이 아닐까. 돌이켜보니 퇴사를 한 이후에도 매일 알람을 맞추고 잠에 들었다. 굳이 일찍 일어날 이유는 없지만, 일찍 일어나 하루를 시작하지 않으면 큰일이라도 날 것처럼. 매일같이 일찍 일어나 밖으로 나갔다. 그리고 해가 질 무렵 집에 들어와 다시 내일 울릴 알람을 맞췄다.

쉰다고 했지만, 정말 내가 '잘' 쉬고 있던 게 맞나 고민한다. 이런 고민을 할 수 있게 되어 얼마나 다행인지 모른다. 만약 이번에도 모르고 지나갔더라면, 또 다른 쉬는 날에도 알람을 맞추고 오늘은 얼마나 알차게 보낼까 생각할 게 뻔하다. 한 번 아파보니 알겠다. '잘' 쉬는 건 정말 중요하다. 이것도 하고 저것도 하며 쉬는 게 아니라, 아무것도 안 하는 쉼이 필요하다. 잘 먹고, 잘 자고, 잘 싸고, 잘 쉬는 것. 잘 살기 위해 꼭 필요한 순간들이다. 낭비라 치부했던 것들이 실은 꼭

필요한 것이었다. 지난 며칠 차곡차곡 모아둔 힘으로
더 잘 살 수 있을 것 같다. 기분이 참 좋다!

스물둘

최종 면접에서 떨어졌다. 꽤 열심히 준비했고, 꽤 잘 보았다 생각했는데 떨어지니 기분이 조금은 상한다. 자기소개서의 여섯 질문에 답하고, 여러 서류들을 잘 준비해 지원하기까지 들인 고민과 갈등을 생각한다. 과연 다시 취업을 하는 게 맞을까. 공동체라는 말보다 조직이라는 말이 어울리는 곳에서 그들 중 한 명이 되는 게 맞을까. 직장인이 아닌 직업인이 되고 싶은 내가 잘 버틸 수 있을까. 셀 수 없이 많은 고민과 생각, 그리고 갈등으로 며칠을 보내다 결국 여섯 질문에 답을 썼다. 그리고 그들은 나에게 얼굴 한 번 비출 기회를 주었다. 주어진 시간은 단 이틀. 이틀 안에 장롱 깊숙이 넣어두었던 정장이 아직 잘 맞는지 확인해야 했고, 신발장 가장 아래쪽에 있던 구두에 헤진 곳은 없는지 살펴야 했다. 다행히 정장은 잘 맞았고, 신발은 튼튼했다. 다만, 나의 마음만 어디 한 구석 맞지 않고, 연약할 뿐이다. 나만 잘하면 된다. 나를 가리고, 나를 지탱하는 모든 것들은 온전하다. 그 안에, 그 위에 있는 '나'만 잘하면 된다.

사십 분의 필기시험과 이십 분의 휴식. 그리고 이어진 한 시간 삼십 분 동안의 대면 면접. 오랜만에 잡은 샤프도, 더 오랜만에 꼿꼿하게 편 나의 허리도 모든 게 어색한 하루다. 분명 잘 쓰고, 잘 말했다 생각했는데. 나는 그들의 최종 합격자 명단에 함께할 수 없었다. 합격자의 이름 가운데 글자를 * 표시로 가려 놓았지만, 나는 그 사람이 누구인지, 내 옆에서 어떤 말을 했는지 잘 안다. 이 사람은 아닐 거라 생각했는데.

이 사람이 나보다 더 잘한 사람이라니. 조금은 믿기지 않지만, 어쩔 수 없다. 나와의 인연이 아니라고 생각할 수밖에. '너희가 인재를 놓쳤구나.'라고 생각할 수밖에. 그럴 수밖에 없다.

면접에서 떨어지고 난 후 이미 완결되었다고 믿었던 고민과 생각의 이야기는 다시 시작되었다. 과연 다시 취업을 하는 게 맞을까. 공동체라는 말보다 조직이라는 말이 어울리는 곳에서 그들 중 한 명이 되는 게 맞을까. 직장인이 아닌 직업인이 되고 싶은 내가 잘 버틸 수 있을까. 내가 부족해서 떨어진 것일 수도 있고, 인연이 아니기에 함께할 수 없는 것일 수도 있다. 그런데 지금 나에게 더 중요한 건 그 이유를 찾기보다 내가 정말 준비가 되어있는지, 한 번 실패한 경험을 다시 마주할 용기가 있는지 확인하는 것이다.

떨어지고 나니 바닥에 손이 닿는다. 바닥을 짚고 일어설 준비를 한다. 차근히, 천천히, 급할 것 없으니 내가 원할 때, 내 속도로. 어쩌면 떨어져서 다행일지 모른다. 이 마음가짐으로 붙는다 한들, 나는 또다시 얼마 버티지 못했을 것이다. 기왕 이렇게 된 김에 조금 더 고민해 볼 요량이다. 고민의 맺음이 언제쯤 이루어질지는 모르겠지만, 그 끝을 향해 한번 가 볼 작정이다. 그리고 그때, 이 길이 맞는지 아닌지 결정하면 된다. 급할 것 없다. 일어서기만 하면 된다.

스물셋

첫눈의 기준에 대해 생각한다. 가장 먼저 결정해야 할 것은 올해 일월에 내린 눈이 첫눈인지, 십이월에 내린 눈이 첫눈인지다. 시기상으론 한 해의 가장 처음인 일월에 내린 눈이 첫눈인 듯하지만, 통념상 겨울의 시작인 십이월 전후에 내린 눈을 첫눈이라 한다. 선택하는 것은 각자의 몫이지만, 십이월을 좋아하는 나는 십이월에 내리는 눈이 첫눈이라고 믿는다.

그리고 두 번째. 남이 본 첫눈도 나의 첫눈에 속하는지 결정해야 한다. 내가 직접 보고 맞진 않았지만, 친구가 혹은 가족이, 그도 아니면 지인의 지인이 있는 곳에서 첫눈이 내렸다면 그것도 나에게 첫눈이 되는 걸까. 나는 눈으로 보지도, 손으로 만지지도 않았는데? 뉴스 말미에 날씨를 전하는 기상캐스터의 첫눈 소식이 기준이 되는 걸까? 내가 있는 곳엔 내리지 않았는데도?

가히 이 문제는 난제다. 별거 아닌 것이 아니다. 다양한 처음이 있다. 모든 처음은 단 한 번 존재한다. 하지만, 첫눈은 매년 첫눈이라는 이름으로 우리에게 다가온다. 처음이 아닌데도 말이다. 작년에도 처음이었고, 재작년에도 처음이었다. 정확히 하자면 기원후 2023번째 눈, 2024번째 눈, 2025번째 눈... 이라고 하는 게 맞지 않을까.

오늘도 이렇게 별 소득 없는 생각을 해본다. 남들 다 본 첫눈을 아직 보지 못한 억울함에 해본 푸념이다. 이름 모를 사람들이 보는 첫눈보다, 내가 내 눈으로 직접 보는 첫눈이 필요하다. 언젠가 나도 모르는 때에, 예상치 못한 곳에서 마주할 나의 첫눈. 진정한 눈꽃이 활짝 필 나의 겨울을 기대한다.

스물넷

'사소하다'. 보잘것없이 작거나 적다.
'보잘것없다'. 볼만한 가치가 없을 정도로 하찮다.

　때로는 볼만한 가치가 없을 정도로 하찮은 것이
내 마음을 지킨다. 그것은 가치가 없다 치부할만한 것
이 아니었으며, 작거나 적다고해서 하찮은 것이 아니
었다. 사소함이 나를 이룬다. 눈길 주지 않으면 눈길
받지 않는 사소한 것들이 단 한번의 시선을 갈구한다.

갈구하는 시선을 외면하지 않는다. 아무도 주목하지 않고, 관심갖지 않는 것들에 주목하고 관심갖는다. 꽤 많은 순간, 그것들이 나를 살렸다. 당신에게 사소할지언정 나에겐 사소하지 않은 그것들이다. 당신의 하찮음이 나의 하찮음이 아니라고 부르짖는다.

스물다섯

거의 마시지 않은 온전한 음료 한 잔을 옆으로 미
뤄두고 고개 숙여 끄적이는 당신은 무엇을 그리 남기
는 걸까. 무엇이 당신을 기록하게 하는 걸까. 푹 숙인
고개만큼 깊게 고민하며 남기는 당신의 글에 어떤 것
이 담겨있을까. 그저 당신의 고민이 숙인 고개를 일으
키길 바라고. 당신의 기록이 당신을 살리길 바란다.
그보다 먼저, 미뤄둔 음료를 한 모금 하길 바라고. 텅
빈 옆자리에 누군가 함께하길 바란다. 당신에게서 내
가 보인다.

스물여섯

정말 열심히 했는가 묻는다면, 너무 부끄러워 어
딘가로 숨고 싶을 것만 같다.

나는 정말 열심히 했는가? 굳이 가슴에 손을 얹는
다는 상투적인 표현을 앞에 두지 않아도 된다. 나름대
로 열심히 한 것과 누가 봐도 열심히 한 것은 천지를
넘어선 차이다. 꼭 누가 봐서 열심히 해야 한다는 것
이 아니다. 내가 사랑하는 무언가를 잘하고 싶다면,

열심히 하는 건 당연하다. 타고난 천재가 아니라면 더
더욱. 하물며 이 세상엔 천재임에도 불구하고 열심히
까지 하는 사람들이 많다. 그런데 천재도 아닌 내가
열심마저 다하지 않는다면 무엇을 얻고, 무엇을 남길
수 있을까. 부끄러움이 무엇인지 알아서 일단 다행이
다. 그러니 이제 그만 징징대고 털고 일어서자. 아직
늦지 않았다.

스물일곱

기차는 더 이상 나에게 설레는 교통수단이 아니다. 본가인 원주에 갈 때 워낙 자주 타기 때문인데, 그때마다 가장 빠른 고속열차를 예매한다. 매번 지나는 길이라 굳이 창밖을 보지도 않는다. 오가기 편한 통로 쪽 좌석에 앉는 것도 같은 맥락이다. 오늘은 가장 느린 열차에 올라 창가 쪽 좌석에 앉았다. 처음 가는 길이고, 빠르게 갈 필요가 없는 길이기에 그렇다. 가깝고 익숙해서 찾지 않던 곳에 왔다. 지척이라 눈길이

가지 않았고, 발길이 닿지 않았다. 너무 가까우니 크게 신경 쓰지 않는 것. 사람도, 장소도, 감정도 가까이 있다는 이유만으로 무뎌지기 쉽다. 잘 알면서도 반복하는 나의 실수다. 항상 멀리 있는 곳을 찾았고, 먼 곳에 있는 사람에게 달려갔다. 가까이 있는 사람과 장소를 외면하고서. 이번엔 그러고 싶지 않았다. 그래서 찾은 수원. 여행으로 찾은 수원은 이번이 처음이다. 열아홉에 대학 입시 때문에 들른 적은 있지만, 잔뜩 심술 난 열아홉의 나는 수원을 두루 살피지 못했으니, 오늘이 처음인 셈이다.

수원은 수원이라는 이름답게 모난 곳이 없다. 하늘은 서울보다 넓고 직선보단 곡선이 많다. 뭐랄까 경주와 서울을 합쳐놓은 느낌이랄까. 어딘가 모르게 원주와도 닮은 구석이 많아 친근하다. 멀리 떠나야 여행이 아니다. 여행의 목적지는 도처에 깔려있다. 배낭이 가벼울수록 여행이 즐겁다 했던가. 거의 텅 빈 배낭하나 메고 온 수원은 좋은 사람이 모인 좋은 곳이었다.

누군가 올해 첫눈 본 장소를 묻는다면 잊지 않고 답할 곳이 생겼다.

스물여덟

흘러가는 몇몇 사람이 있다. 자연스레 멀어진 사람도 있고, 자연스럽지 않게 멀어진 사람도 있다. 한때는 그들을 붙잡기 위해 갖은 노력을 했다. 반대로 그들이 나를 붙잡기 위해 노력하기도 했다. 몇 번은 붙잡고 붙잡히기도 했다. 하지만 그 붙잡음은 누군가 손을 놓는 순간 영영 멀어지고 만다. 힘이 모두 빠진 손은 더 이상 어느 무엇도 붙잡을 수가 없다. 하염없이 바라만 본다. 허우적대고 다시 잡기 위해 힘쓴다. 그러다 지쳐 이내 포기한다.

문제는 나에게 있다 생각했다. 내가 너무 예민하게 굴었겠지. 내가 실수 했겠지. 내가 연락을 뜸하게 한 것에 서운했겠지. 자책하고 또 자책했다. 그렇게 한 사람과 멀어지면, 새로운 한 사람을 사귀기가 두렵다. 이 사람도 떠나면 어떡하나 걱정이 앞선다. 그러다 내가 아닌 나의 모습을 가면 삼아 그들에게 보인다. 나는 이렇게 당신에게 맞추고 있어. 당신이 좋아할 모습으로. 당신의 빛을 받으며 빛나고, 당신의 그늘에 숨는다. 언젠가 벗겨질 나의 가면은 외면한 채 그렇게 가면 안에서 당신을 바라본다.

가면은 진짜 나의 얼굴이 아니다. 아무리 그럴듯하게 만들고, 얼굴에 빈틈 하나 없이 쓴다 해도 가면은 어디까지나 가짜다. 그래서 가면을 벗기로 했다. 가짜가 아닌 진짜가 되기로 했다. 모든 사람이 내 사람이 될 수는 없다는 걸 이제야 알았다. 사람은 소유할 수 없다는 걸 알았고, 나도 누군가의 소유가 될 수 없다는 걸 알았다. 알게 모르게 나를 깔보고, 만날 때마다 위아래로 훑는 사람과는 더 이상 함께할 수 없다. 이제 가면을 벗고 맨얼굴로 살아간다. 그래서 그저 당신이 흘러가는 것을 바라만 본다. 좋은 게 좋은 거라 믿으며 살았지만, 그러다 진짜 나를 잃을까 두렵다. 아닌 것은 아닌 것이다.

스물아홉

　초코 소라빵. 정확한 이름은 모르지만, 형태와 맛은 또렷이 기억한다. 돌돌 말려 있는 빵 사이로 끈적한 초코 크림이 들어있는 빵인데 간혹 끝 쪽에는 크림이 덜 들어있어 서운함이 밀려오는 빵이기도 하다. 언제나 빵보다는 밥인 내가 이토록 이 빵의 모양과 맛, 서운함 포인트까지 정확히 기억하는 데는 그만한 이유가 있다. 아주 어렸을 적부터, 어깨가 각진 교복을 입었을 때까지 엄마의 엄마, 그러니까 나의 외할머니인 복희씨는 가장 친한 친구였으며 끼니를 책임져주는 어른이었다. 맞벌이로 바쁜 엄마와 아빠를 대신해 어린 손주 녀석을 챙기기 위해 때로는 당신의 집에서, 때로는 딸의 집을 오가며 나와 형을 돌봤다.

그런 복희씨가 집에 올 때 항상 사 오던 빵 꾸러미에 담겨있던 친구가 바로 초코 소라빵이다. 다른 빵도 물론 있었지만, 이름 모를 다른 빵들이 이번 주엔 있다가도 다음 주엔 없기도 했다면, 초코 소라빵은 언제나 빠지지 않고 봉지 저 안에 항상 자리했다. 처음엔 달콤하고 맛있어 다른 것은 제쳐두고 초코 소라빵을 집곤 했다. 하지만 무엇이든, 아무리 맛이 있더라도 계속 먹으면 질리는 법이다. 게다가 꽤나 까칠했던 그 시절의 나는 한번 질린 건 다시 흥미가 생기기 전까진 먹지 않았다. 그렇게 잘 먹던 빵을 질린다는 이유로 먹지 않는 손주 녀석이 미울 만도 한데, 복희씨는 나무라지 않았다. 그저 "다른 거 뭐 먹고 싶은 거 있어? 있음 말혀, 올 때 그거 사오게. 할머니가 잘 모르니까. 요즘 애들은 뭘 좋아하는지."라고 말하며, 김치냉장

고 위 쟁반에 덩그러니 놓인 초코 소라빵을 집을 뿐이
었다. 툴툴거리며 "나도 몰라. 먹고 싶은 거 없어."라
고 내뱉고는 방 안으로 들어가 버렸던 그 시절의 나는
도대체 뭐하는 놈일까. 지금 생각하면 이마에 빡 하고
딱밤을 놓아주고 싶다. 많은 손자 손녀 중에서도 유
독 나를 예뻐했고, 예뻐하는 복희씨의 오늘은 초코 소
라빵을 사오던 그 시절의 모습과는 많이 다르다. 꼿꼿
했던 허리는 땅을 향하고, 주름졌던 손등은 그 깊이가
더 깊어졌다.

　일 년 동안 먼 이국에서 살던 때가 있었다. 그때마
다 엄마 다음으로, 어쩔 땐 엄마보다 먼저 전화를 걸
었던 사람이 복희씨다. 카카오톡 메시지는 물론이고,
문자도 어려운 복희씨는 꼭 전화를 해야만 했기에, 조
용한 곳을 찾아 보이스톡을 걸었다. 전화를 받자마자
"어~ 우리 용진이네~ 어디여~ 이게 다른 거랑은 소
리가 달러서 금방 알지. 우리 용진이가 전화한 줄."이
라고 말하며 내 전화만을 기다렸다는 듯 밝게 답했다.
보이스톡 벨 소리는 일반 전화와는 소리가 달라, 무거

운 몸을 이끌고 헐레벌떡 핸드폰을 찾아 받았다는 이
야기다.

다른 이에게 전화를 걸 때, 몇 번 연결음이 울려
도 받지 않으면 '무슨 일이 있나 보다.'하고 전화를 끊
는다. 오직 복희씨에게 걸 때만 연결음이 끝까지 울리
고, 상대방이 전화를 받지 않는다는 메시지가 들릴 때
까지 끊지 않는다. 핸드폰이 어디 있는지 찾는 시간부
터 눈에 보이는 핸드폰을 집기 위해 몸을 일으켜 걷
는 복희씨의 모습을 상상하며. 힘들게 다가간 핸드폰
이 금세 그 소리를 다 하면 서운해할 복희씨의 마음
을 생각하며. 전화를 하면 특별한 이야기를 하진 않는
다. 덥다면 얼마나 더운지. 춥다면 얼마나 추운지. 밥
은 먹었는지. 밖에서 파는 음식 먹지 말고 집에서 먹
으라는 이야기. 차 조심하라는 이야기. 사람 조심하라
는 이야기. 크게 바뀌지 않는 이야기다.

하루가 다르게 나이 듦이 눈에 보이는 복희씨다.
보청기에 의지해 나의 목소리를 듣지만, 이제 그것

도 예전 같지 않다. 무릎이며, 허리며, 발바닥이며 안 아픈 곳이 없다. 텔레비전 아래 상자에는 아침에 어떤 약을 먹어야 하고, 저녁에 어떤 약을 먹어야 하는지 자식들(나의 삼촌과 이모, 엄마)이 적어 놓은 약봉지가 가득하다. 복희씨의 인생은 이루 형언할 수 없을 정도로 힘들었다. 오십 년이나 세상을 덜 산 내가 감히 설명할 수 있는 정도가 아니다. 자신의 생명을 떼어내 자식에게, 그리고 자식의 자식에게 내어준 듯하다. 그런 복희씨의 삶을 어떻게 내가 오롯이 이해하고 말할 수 있을까.

그저 나는 복희씨가 내 곁에 조금이라도 더 오래 있어 주길 바랄 뿐이다. 하루라도 더 오래 같은 하늘 아래 있으면 좋겠다 바라고 또 바랄 뿐이다. 내일도, 내일의 내일도 전화 걸 상대가 되어 주길. 오늘은 추우니 밖에 나가지 말라 말하고, 오늘은 더우니 돈 아끼지 말고 에어컨 좀 틀으라 말할 친구가 되어 주길 바랄 뿐이다.

그거면 된다.

정말 그거면 된다.

서른

책. 특히 수필을 읽을 때 저자의 모습이 그려지는
경우가 더러 있다. '이분은 이런 성정을 지녔겠구나.',
'수더분한 분이려나? 아니면 무던하실까?' 곳곳에 묻
어난 저자의 모습을 그리며 글을 읽다 보면, 어느새
책의 끄트머리에 다다른다. 못내 아쉽다. 더 이야기하
고 싶은데. 당신의 이야기를 더 듣고 싶은데. 벌써 끝
인가 싶다. 책을 가운데 두고 나누는 저자와의 소리
없는 대화는 검정과 흰색이 가득한 책을 다채로운 색

으로 채운다. 때로는 어두운 무채색이다가도, 또 때로는 휘황찬란한 색으로 가득하다. 드러내지 않더라도 자연스레 드러나는 것들이 있는데, 나는 그 자연스러움을 사랑한다.

간혹 좋은 기회에 책을 가운데 두고 소리 없이 나누던 대화가 소리를 가진 진짜 대화로 이어질 때가 있다. 연말 제작자 모임이라던가, 동료 작가와의 친분 덕에 만들어진 식사 자리. 조금은 어색하고 낯간지러운 자리에서 책 건너편에 있던 저자와 식사나 술을 함께할 때. 그럴 때마다 정말 신기한 경험을 한다. 글에 묻어난 저자의 모습과 내 앞에서 커피를 마시고, 술잔을 기울이는, 그러니까 살아 움직이고 있는 저자의 모습이 똑 닮아 있는 경우가 많다. 책 속에서 '참 선하다.' 생각했던 분은 실제로도 선하고, '나랑 비슷한 부분이 많은 것 같은데.' 싶은 분은 정말 나와 비슷하다.

그들은 얼마나 솔직한 글을 쓰기에 이리도 같을까. 나는 아직도 나를 드러내고 속마음을 내보이는 게 이렇게 어려운데, 그걸 해낸 사람들의 모습을 보며 그들을 동경한다. 언제쯤 그들처럼 솔직한 글을 쓰고, 솔직한 삶을 살 수 있을까. 나를 감추기에 급급했던 지난날을 돌아본다. 혹여나 내가 상처 주거나, 반대로 상처 입진 않을까 전전긍긍하던 과거를 돌아본다. 과거라기엔 불과 얼마 전이라, 과거보단 예전이라는 말이 더 어울릴 수 있겠다. 감추는 것에는 한계가 있다. 속으론 울지만, 겉으로 웃는 삶은 고달프다. 남에게 솔직하기 이전에 나에게 먼저 솔직한 오늘을 살고 있다. 언젠가 나도 그들처럼 글과 삶이 같은 사람이 되길 바라며 지금을 살고 있다. 자연스러운 글과 자연스러운 나. 자연스러운 삶을 위해 살고 있다.

사랑할 준비가 되었는지
사랑받을 준비가 되었는지
나를 바라보는 중이다.

서른하나

　일 년 중 밤이 가장 길고 낮이 가장 짧은 날. 깊은 겨울의 초입이자 한 해가 저물어가는 때에 하필 밤이 가장 긴 날이 오늘이라 한다. 몸은 움츠러들고, 생각은 많아지는 이때. 올 한해를 망친 것만 같아 한껏 쪼그라든 나를 놀리기라도 하는 듯, 기나긴 밤이 오늘 찾아온다 한다. 어쩌면 해가 바뀌기 전에, 봄이 꽃 피우기 전에 가장 깊고 긴 밤을 맞이하는 편이 나을지 모른다. 이 밤을 잘 이겨내면 점점 더 밝은 날이 많아진다는 말이기도 하니까. 어둠이 절대 악이 아니듯 밝음도 절대 선이 아닐 테지만, 어둠 속에서 길을 잃고 허우적대는 나에게 터널 끝 좁쌀만 한 빛이 보이기 시작한다는 건 그것만으로 큰 위안이다. 어서 이 어둠이 걷히길. 작지만 환한 밝음의 씨앗을 마주하길. 그리고 결국, 바닥을 짚고 일어설 나를 상상해 본다. 밤을 이길 봄을 기다린다.

서른둘

그녀는 밤마다 고성을 지르고 욕을 한다. 두꺼운 철문을 뚫고 나오는 날카로운 소리에 나의 신경도 날카로워진다. 그는 날마다 술을 마신다. 술에 취하니 자연스레 목소리는 커지고, 커진 목소리는 역시나 두꺼운 철문을 뚫고 나온다.

B0으로 시작하는 지층에 사는 그녀와 그에겐 어떤 사연이 있는 것일까. 그리고 그들과 같은 높이에서 사

는, 또 다른 B0으로 시작하는 곳에 사는 나에겐 어떤 사연이 있는 것일까. 새벽 두 시마다 물건을 던지며 육두문자를 내뱉는 그녀의 소리를 듣고 있을 때. 술에 취한 그가 내는 다양한 형태의 소리가 두꺼운 콘크리트 벽을 타고 울릴 때. 나는 어디에 사는 것인지 생각한다. 이곳이 정말 나의 집이 맞는지 고민한다.

내가 알고 있고, 경험했던 집이 맞는가. 바깥의 고통을 털어내고, 조용하고 편안하게 하루를 다독일 수 있는 공간이 맞는가 물음을 던진다. 잔잔하지 않은 호수에 던져진 물음은 파동을 잃고 물에 가라앉을 뿐이다. 이미 호수는 파도치고 있다. 호수인 듯 보이나, 바다라 해도 믿을 만큼 높은 파도에 더 높은 파도를 얹고 있다. 파도치는 바다에 던져진 작은 돌은 힘을 잃고 바닥에 가라앉는다. 그리고 행방을 알 수 없게 된다. 나의 돌은 어디로 갔는가. 나의 물음은 어디로 사라졌는가. 나는 집에 살고 있는 게 맞나. 밀려오는 파도에 휩쓸려 심해로 달아날 뿐이다.

서른셋

새해를 맞이하고도 벌써 삼 일째다. 지난주부터 아픈 몸은 아직도 온전치 못하다. 지난주는 지난해였으니, 꼬박 두 해에 걸쳐 아픈 셈이다. 올해는 얼마나 좋은 일이 생기려고 이리 초장에 고생일까. 많이 아픈 만큼 좋은 일이 많이 생기길 바랄 뿐이다. 일주일 치약을 다 먹고도 사라지지 않는 잔기침과 가래, 인후통은 또다시 병원을 갈 수밖에 없게 만들었다. 지난 주도, 오늘도 병원은 아픈 사람으로 가득하다. 모두 오락가락하는 계절의 날씨를 호되게 겪는 사람들이다. 겨울이 맞나 싶을 정도로 따뜻하다가, 한국이 맞나 싶을 정도로 추운 근래의 날씨는 나를 포함한 많은 이들의 시간을 덮쳤다.

한 해를 마무리하고, 새로운 한 해를 맞이하며 이것저것 계획하기 좋은 지금. 나는 아무런 계획도 준비도 하지 못했다. 아팠다는 핑계를 대고 싶지만, 사실 아프지 않았더라도 계획은 세우지 않았을 나다. 계획하는 것도 싫어하지만, 계획이 틀어지는 걸 더 싫어하는 사람이 나라는 걸 알고 난 후부터는 구태여 계획하지 않는다. 이렇게 살아도 큰 문제는 없겠구나 싶었는데, 간혹 찾아오는 아쉬움과 불안이 발목을 잡는다. 미리 알았더라면, 미리 준비했더라면 괜찮았을 일들. 완벽하진 않더라도 조금의 불안을 덜었을 상황들. 아쉬움과 불안이 얽히고설킨 지난 시간을 반추한다.

앞으로 나에게 얼마큼의 시간이 남아있을까. 내가 하고 싶은 일을 하고, 좋아하는 일을 하기 위해 해야만 하는 일을 외면하는 게 맞을까. 이렇게 해서 먹고 살 수 있을까. 모아두었던 돈을 야금야금 까먹으며 버티는 시간이 길어질수록, 당당했던 마음은 한없이 쪼그라든다. 나는 경주마가 아니라서 양옆을 볼 수 있다. 남들보다 뒤처진 것 같아 불안하거나, 앞선 듯해 자만하기보다 내가 트랙 위에서 잘 달리고 있는지 궁금할 뿐이다. 옆에서 누가 뛰든, 걷든 그건 둘째 문제다. 그저 내가 궁금한 건, 이 트랙. 이 길이 틀리지 않았다는 확신이다. 발굽을 얼마나 빨리 굴릴지는 그다음에 고민해도 늦지 않다.

올해를 모두 계획하기란 계획의 ㄱ자도 서툰 나에게 너무 큰 일이라, 조금씩 시간을 쪼개기로 했다. 일 년을 반년으로. 반년을 석 달로. 한 분기씩 나눠서 계획하고 행동하면 뭐라도 되지 않을까 하며. 트랙 위에서 홀로 달리는 게 쉽지만은 않다. 앞서가더라도 누군가 나의 시야에 들어왔으면 좋겠고, 옆이든 뒤든 헉헉대는 숨소리가 들렸으면 좋겠다. 그러다 문득 잠시 숨을 고르며 뒤를 돌아볼 때 조금은 덜 아쉬운 일 년이

됐으면 좋겠다.

분명 현실 속에 살고 있지만, 현실적이지 않은 꿈을 품으며 현실을 외면한 채 사는 듯한 요즘. 조금은 과감하고, 때로는 무모한 내가 되어야 하지 않을까 하는 생각을 한다. 여전히 생각에서 멈추고, 글 뒤에 숨어버린 내 모습이 한심하다. 가고 싶으면 가고, 하고 싶으면 하던 과거의 나는 어디에 있는지 찾을 수 없다. 찾을 수 없는 과거의 나를 찾다 힘을 빼느니 새로운 내가 되는 게 빠를 것 같다. 늦지 않았다. 일단 생각을 줄이자. 줄인 생각의 빈칸에 행동을 더하고, 불안의 틈에 작은 확신을 채우자.

잘 될 일만 남았다.

서른넷

알고 보면 꽤 괜찮은 것들이 있다. 알고 보면 꽤 괜찮은 사람. 알고 보면 꽤 괜찮은 식당. 알고 보면 꽤 괜찮은 카페. 처음엔 그 매력을 잘 모르지만, 두 번, 세 번 보고 겪으면 비로소 알게 되는 것들. 어쩌면 우리는 알고 보면 꽤 괜찮은 것들 덕에 하루를 버티며 살고 있는지 모른다. 못난 모습만 보이던 사람에게서 들은 못나지 않은 한마디 말이 그 사람의 지난 과거를 덮어준다. 특별한 것 없어 보이던 카페의 공간과 그 공간을 이루고 있는 사람, 음악, 커피가 문득 그리워진다. 항상 있을 것만 같던 식당의 창문에 붙어있는 '임대 문의' 네 글자에 가슴 한편이 시린다. 나도 모르는 새, 내 삶 이곳저곳에 자리한 그들 때문이다.

첫인상부터 강렬하고 선명한 것엔 어딘가 모르게 거부감이 든다. 잔뜩 힘이 들어간 모습이 부담스럽고, 얼마 지나지 않아 금세 식어버릴까 두렵다. 커피로 따지면 독특하고 신기한 향미가 가득한 커피에 한두 번 손길이 가더라도, 이내 오래 두고 마시기 좋은 커피로 돌아간다던가. 새로 산 옷을 몇 번 입으며 뽐내다가도, 옷장 속 가장 잘 보이는 곳에 있는 오래된 맨투맨에 다시 손을 뻗는 것. 익숙하고 자연스러운 것들이 주는 편안함이 오히려 더 강한 끌림을 준다. 알고 보면 꽤 괜찮은 것들의 진가를 알기 위해서는 먼저 '아는' 과정과 '보는' 과정이 필요하다. 모르는 것을 알기 위해서는 시간이 필요하고, 알고 난 후 그것을 보기 위해서는 관심이 필요하다. 시간을 들이는 노력. 보기 위한 관심. 그냥 지나치고 무시할 수 있는 것들에 한

번 더 눈길을 주고 손길을 뻗는 노력과 관심이 있어야 진가를 알 수 있다. 진가를 지닌 존재가 그 진가를 발휘하는 순간, 더 이상 헤어 나올 수 없다.

언젠가부터 인스타그램 프로필 아래에 '알고 보면 꽤 괜찮은 사람'이라고 적어 놓고 있다. 첫인상이 한없이 좋거나 뛰어난 달변가가 아닌 나로선, 나를 표현할 수 있는 가장 솔직한 한 줄이다. 그렇다. 나는 알고 보면 꽤 괜찮은 사람이다. 스스로 이렇게 이야기하는 게 조금은 부끄럽지만, 나부터 나를 괜찮은 사람이라고 생각해야 남도 그렇게 보지 않을까 하는 마음에 말해본다.

알고 보면 꽤 괜찮은 사람. 원용진입니다.

서른다섯

책. 돈. 글. 술. 정. 꿈. 힘. 삶.

한 글자. 한 음절이지만, 그것들이 주는 무게감과 압박감. 동시에 힘과 에너지는 엄청나다. 어떤 것은 살게 하고, 또 다른 어떤 것은 병들게 한다. 사실 단어 자체가 살게 하거나 병들게 하는 것은 아니다. 그 단어를 받아들이고 뱉어내는 내가, 살게 할 수도 병들게 할 수도 있다. 보다 윤택하고 행복한 삶을 위해 나를 깊이 보고, 다시 본다. 때로는 돈을 좇기도 하고, 돈만 좇기도 한다. 그런 삶에 지쳐 술을 마시고, 술에 지친다. 사람을 증오하면서도 사람 사이의 정에 이끌리고, 사랑과 증오를 오가며 느낀 감정과 받은 상처를 글로 남긴다. 글이 모여 책이 되고 책은 팍팍한 삶의 힘이자 꿈이 된다.

시작이 어딘지 모르고, 끝이 어딘지 모르는 한 음절 단어의 올가미에 갇혀 있다. 산속 어딘가에서 올가미에 걸린 짐승과 내가 다른 점은 올가미를 그곳에 둔 존재가 나라는 것이다. 누군가가 나를 잡기 위해 일부러 둔 덫에 내가 걸린 게 아니라, 내가 둔 덫에 내가 걸린 것이다. 덫의 위치를 아는 것도 나고, 치울 수 있는 것도 나다.

한 음절의 감옥에서 언제 벗어날 수 있을까. 마냥 싫지도, 마냥 좋지도 않은 이곳에서 벗어나는 순간이 올까. 그 순간이 온다면 어떤 기분일까. 불안할까. 상쾌할까. 아무렇지 않을까.

끝이 어딘지 모를 질문을 오늘도 던진다.

잔나비의 '꿈과 책과 힘과 벽'을 들으며

서른여섯

강릉으로 가는 기차표를 취소했다. 예매한 지 한 시간도 채 되지 않았지만, 취소했다. 바다를 보고 싶었다. 좁은 하늘과 그 아래 더 좁은 공간을 벗어나고 싶었다. 밤새 들려오는 옆집의 소음과 어디가 망가진 건지 소음을 내는 무소음 시계로부터 벗어나고 싶었다. 쉬이 잠에 들지 못하는 날이 이어졌고, 그럴 때마다 환기가 필요한 시점이 아닌가 생각했다. 그리고 어제. 정확히는 오늘 새벽. 서울에서 강릉으로 가는

KTX 기차표를 끊었다. 큰 고민을 하진 않았다. 바다가 보고 싶었고, 생경한 바다보단 익숙한 바다가 그리웠다. 같은 강원도지만, 강릉과 원주는 꽤 먼 곳이다. 그래도 해마다 여름이면 강릉 앞바다를, 새해의 첫해가 떠오를 때면 양양 앞바다를 찾았던 나에게 강원도의 동해안은 어느 바다보다 익숙한 곳이다. 그래서 가고 싶었다. 아무런 조건 없이 그저 그 자리에서 나를 바라봐 줄 것만 같은 곳에 가고 싶었고, 가장 먼저 생각난 곳은 강원도, 그중에서도 강릉이었다.

그런데 예매한 지 한 시간 여도 채 되지 않아 취소했다. 깊은 새벽, 이불을 걷어차고 일어나 새하얀 전등을 밝히고 주섬주섬 짐을 싼 지 얼마 되지도 않았는데 말이다. 예전의 나였다면 취소는커녕, 새벽 내내 바다를 볼 생각에 잠 못 이루었을 테다. 그런데 오늘의 나는 그 기대가, 설렘이 찾아오기도 전에 막아버렸다. 귀찮아서일까. 돈이 없어서일까. 급격히 추워진 날씨 때문일까. 모두가 정답일 수도, 모두가 오답일 수도 있다. 매일 느지막이 일어나던 하루의 시작을 몇 시간이나 당겨야 하는 것이 귀찮았을 수 있다. 몇 달간 수입이 없는 삶을 이어오니 자연스레 통장의 잔고는 줄어만 갔고, 연고 없는 타지에서 보내는 며칠은 줄어드는 속도를 몇 배는 빠르게 할 테니 돈 때문일 수도 있다. 침대에 눕기 전 뉴스에서 들은 내일 찾아 올 한파와 내일모레 이어서 찾아올 폭설 예보가 이유 일 수도 있다.

이런저런 이유를 생각하다 잠이 들었고, 여느 날 과 다름없이 느지막이 일어나 덩그러니 놓여있는 옷 가지들과 여행용 세면도구를 바라보았다. 얼마나 어 이가 없을까 싶다. 옷장 깊숙이 잠들어 있던 것을 꺼 내 책상 위에 올려놓고, 화장실 선반 안에 있던 여행 용 세면도구를 꺼낸 게 불과 몇 시간 전이다. 그들은 쓰임을 다할 기회조차 얻지 못한 채 덩그러니 놓여있 다. 차라리 꺼내지 않았으면 느끼지 않을 허탈함을 그 들은 느낄 테다. 하다못해 숨 쉬지 않는 물건조차 어 이가 없는 이 상황을 숨 쉬는 나는 얼마나 더 어이가 없을까. 그렇다. 나도 어이가 없다. 왜 바다에 가고 싶었고, 왜 기차표를 급히 예매했으며, 왜 더 급히 취소했느냐 묻고 싶다.

곰곰이 생각해 본다. 정말 귀찮아서일까. 돈이 없어서일까. 날씨 때문일까. 아니다. 그건 중요하지 않다. 난 언제나 귀찮은 게 많은 사람이고, 일생의 대부분은 돈이 없었으며, 날씨는 언제든지 바뀔 수 있는 것이다. 그럼 왜일까. 더 곰곰이 생각해 본다. 그래. 외면하고 싶지 않아서다. 좁은 하늘과 그 아래 더 좁은 나의 방. 그리고 옆 방과 앞 방에서 밤새 들려오는 온갖 소음과 무소음 시계가 내는 소음을 외면하고 싶지 않아서다. 며칠 강릉 바다를 보고 온다 한들, 이곳은 변한 게 없다. 그곳에서 조금은 여유로워지고, 평온해지더라도 다시 이곳에 돌아오면 여유롭고 평온했던 마음은 온데간데없어지고 만다.

바다를 보고 왔다고 해서 앞집 아줌마의 망상이 해결되진 않을 것이다. 조금 여유를 찾았다고 해서 옆집 아저씨의 용트림이 잦아들진 않을 것이다. 여전히 서울 하늘은 좁을 것이고, 집이라 일컫는 나의 오평 짜리 작은 방은 넓어지지 않을 것이다. 삶에도 환기가 필요하다. 하지만, 때로는 환기로 해결되지 않는 것들이 있다. 삶 자체를 송두리째 뽑아 다른 곳으로 옮겨 놓아야만 진정한 환기가 되는 순간이 있다. 잠깐의 외면으로는 해결되지 않는 것이 있다. 뚫어져라 쳐다보고 물러서지 않는 직면의 용기가 필요한 순간. 변화를 시도해야만 하는 순간.

이곳을, 이 도시를 떠날 순간이 머지않았음을, 그 순간이 생각보다 가까이 왔음을 어느 때보다 절실히 느낀 하루다. 잠깐의 외면이 아닌 또렷한 직면만이 진정한 여유와 평온을 가져다줄 수 있다. 그리고 그때 비로소 나의 삶도 잠깐의 환기만으로 치유가 되는 평범의 범주에 들어설 수 있다. 특별한 하루가 아닌 평범한 나날을 바랄 뿐이다. 집다운 집을 바랄 뿐이고, 그곳에서 평범한 오늘을 보내고 평범한 내일을 맞이하고 싶을 뿐이다.

평범하기가 이렇게 어렵다.

서른일곱

눈이 온다. 아마 내 기억으론 이번 겨울 들어 가장
많이, 오래 내리는 눈이다. 파란 하늘은 하얀 하늘이
되었고, 앙상한 나뭇가지 위론 소복이 눈이 쌓인다.
어떤 이는 우산으로 내리는 눈을 피한다. 우산 없이
길을 걷는 다른 이의 모자 위엔 하얗게 눈이 쌓인다.
우산도 모자도 없이 길을 걷는 이의 위에도 어김없이
눈은 쌓인다. 일 층엔 프랜차이즈 커피 매장이 있고,
꼭대기 층엔 아직 영업을 하는지 이제는 하지 않는지

알 수 없는 여관이 있는 붉은 건물 위에도 눈이 쌓인다. 은행 위에도, 병원 위에도, 자그마한 빌라 위에도 어김없이 하얀 눈은 겹겹이 쌓인다.

아마 몇 시간 뒤면 온 세상은 하얗게 뒤덮일 테다. 누군가는 쌓인 눈을 길가로 밀어 둘 것이고, 다른 누군가는 쌓인 눈을 뭉쳐 이런저런 모양을 만들 것이다. 눈은 차별 없이 내린다. 붉은 벽돌집이든, 하얀 벽돌집이든 어느 곳 하나 남기지 않고 빠짐없이 내린다. 누군가에겐 추운 겨울을 더 춥게 할 존재이고, 누군가에겐 추운 겨울을 포근히 덮어주는 존재다.

오늘따라 내리는 눈이 생경하게 보인다. 하염없이 내리는 눈이 야속하기도 하고, 커졌다 작아졌다 반복하며 꾸준히 내리는 눈이 대단하기도 하다. 우산 없이 모자를 푹 눌러쓰고 길을 걷는다. 어김없이 내 머리 위에도, 어깨 위에도 하얀 눈이 쌓인다. 나에게 이 눈은 추운 겨울을 더 춥게 하는 눈일까. 추운 겨울을 조금이나마 따뜻하게 해주는 눈일까. 하염없이 내리는 눈을 맞으며 겨울을 걷는다. 언젠가 그리워할 오늘을 뽀득뽀득 쌓인 눈길을 걸으며 미리 그리워한다. 굵었던 눈발이 얇아지기 시작한다.

서른여덟

정말 세상은 요지경이다. 신신애의 요지경이든 장난감 요지경이든 아무튼, 세상은 요지경이다. 여기를 보면 웃고 떠드는 사람이 있고, 저기를 보면 울며 숨죽이는 사람이 있다. 무채색 세상 아래 유채색 사람이 있는 것 같다가도, 유채색 세상 아래 무채색 사람이 있는 것 같기도 하다. 세상이 요지경이라 정신없는 하루를 보내지만, 세상이 요지경이라 정신 차리고 살기도 한다.

온통 웃는 사람만 가득하거나, 우는 사람만 가득한 세상을 상상해 본다. 고개를 가로젓는다. 온 세상이 회색빛인 곳과, 온 세상이 형형색색으로 반짝이는 곳을 상상해 본다. 역시 고개를 가로젓는다. 어쩌면 세상은 요지경이라 다행일지 모른다. 이쪽이 아니면 저쪽을 바라보고, 이 색이 아니면 저 색을 써볼 수 있어 다행이다. 정답 없는 요지경 세상에서 다른 방향으로 걷고 다른 색을 가지는 게 틀린 것은 아닐 테다. 오늘도 나는 요지경 한복판에 서 있다.

서른아홉

강릉에 왔다. 며칠 전 늘어놓던 푸념이 무색할 정도로 행복한 지금이다. 다시 돌아갈 걱정 따위는 하지 않는다. 이렇게 좋아할 거면서. 왜 지레 겁먹고 오지 않았을까. 망설였던 시간과 그 시간을 채운 고민이 아쉽지만, 지금은 강릉이니 괜찮다. 아무런 계획 없이 찾은 강릉은 익숙하고도 새롭다. 항상 가족들, 친구들과 함께 왔던 강릉에 혼자 온 건 처음이다. 처음이라니. 쓰고 보니 정말 홀로 온 강릉은 오늘이 처음이다.

그래서 더 새롭나 싶다. 강릉역에서 세찬 바람을 맞은 것도. 바람을 등지고 동네 책방에 들른 것도. 그리고 책방으로 가는 길에 보았던 풍경까지도. 모든 게 새롭다. 가득 찬 새로움 속에서 산과 바다는 여전히 변함이 없다. 멀리 보이는 산꼭대기에 하얀 눈이 쌓여 있고, 그 아래엔 능선 따라 잎을 벗은 나무가 열 맞춰 서 있다. 얼핏 보면 외로워 보이나, 그렇지 않다. 혼자 서있는 나무는 없다. 옆에 하나. 그 옆에 하나. 무질서한 듯 하지만, 그들만의 질서 속에 나무는 숲을 이루고 숲은 산을 이룬다.

생동하는 초록의 여름 산 못지않게 흰 겨울 산이 풍기는 적막의 힘도 대단하다. 겨울 산이 적막하다면 겨울 바다는 휘몰아친다. 찬 바람과 거친 파도가 서로의 힘을 겨루듯 맞선다. 흰 포말이 이는 바다. 바다의 끝인지 시작인지 모를 해변. 그곳을 걷는 사람들. 그들은 어떤 생각을 하고 있을까. 삼삼오오 짝지어 있는 그들은 멀찌감치 떨어져 바다를 바라본다.

바다를 바라보는 그들을 바라본다. 그들이 어떤 표정을 짓고 있는지는 알 수 없다. 푹 눌러쓴 모자 아래 웃음을 보일지, 울음을 숨기고 있을지 모른다. 어쩌면 모른 채로 그들을 등지는 편이 낫겠다 싶다. 서둘러 나의 표정도 감춘다. 추운 겨울 바다를 찾는 이들은 저마다 들키고 싶지 않은 표정이 있다. 웃음보단 울음에 가까운 나의 표정을 숨기는 이유다. 조용히 오고 가는 파도를 바라보다, 두 딸과 한 아버지의 부탁으로 그들의 오늘을 사진으로 담아 주었다. 그들의 얼굴엔 울음보단 웃음이 가득하다. 덕분에 쓸쓸하지만은 않은 겨울 바다의 모습을 기억한다.

강릉은 생각보다 귀엽다. 뭐랄까, 오밀조밀한 느낌이랄까. 강릉엔 두부 마을도 있고, 커피 마을도 있고, 옹심이 마을도 있다. 옹기종기 친한 친구끼리 모여 사는 느낌이다. 그들은 멀리서 온 이방인들을 누구보다 환대한다. 당연히 이방인인 나도 다르지 않다. 두부 마을에서 빨간 짬뽕 순두부를 먹고, 커피 마을에서 고소한 커피 한 잔, 옹심이 마을에서 진짜 강원도

옹심이를 맛봤다. 게다가 옹심이와 감자적(감자전. 강릉은 감자적이라 한다)을 혼자 알뜰히 먹었다며 사장님께 칭찬도 받았다. 이러니 내가 좋아할 수밖에.

든든히 배를 채우고 왔던 길을 돌아간다. 붉은 해는 더 붉어지고, 세찬 바람은 더 세차다. 바다로 이어지는 강 위에 놓인 다리를 혼자 건넌다. 빠르게 달리는 차들 옆으로 누구보다 천천히 걷는다. 귀에 꽂고 있던 이어폰 틈으로 들어오는 바람 소리가 노래보다 크게 들리지만, 괜찮다. 괜찮지 않은 건 바람이 아니라 노래다. 왜 전부 슬픈 노래뿐일까. 플레이리스트를 위로 올려보고, 아래로 내려봐도 온통 슬픈 노래뿐이다. 자세히 들어보면 슬프지 않은 것일 수 있으나, 나에겐 슬프게 들린다. 흘려듣던 노래 가사가 어느 때보다 또렷하다. 강 위로 부는 바람 때문이라는 핑계와 바람을 따라 달려드는 흙먼지 때문이라는 핑계를 대보지만, 핑계일 뿐. 마음 깊숙이 자리한 슬픔이 눈물이 되어 추운 겨울날 다리 위에서 터져버린다.

바다는 기쁠 때보다 슬플 때 찾는다. 어딘가 헛헛하고 막막할 때. 인공적인 소음으로부터 벗어나고 싶을 때. 사람에게 질릴 때. 그럴 때 바다를 찾는다. 변함없이 그 자리에서 파도치는 바다. 항상 움직이지만, 항상 제자리인 바다. 바다에 일상을 짓누르던 고민과 걱정을 토해낸다. 토해낸 고민과 걱정 위로 어느새 파도는 치고, 포말은 인다. 하얗게 부서지는 거품처럼 고민과 걱정도 함께 부서지길 바라며, 또 바다에 온다. 오늘은 일상이 아니다. 오늘이 지나고 내일이 오면 일상으로 돌아간다. 그리고 내일의 일상엔 어제의 고민과 걱정이 끈적하게 붙어있을 것이다. 하지만 나는 오늘에 있다. 아직 해결되지 않은 수많은 것들은 내일의, 내일모레의 나에게 맡긴다. 무책임하다 욕할 사람도 없다. 어차피 오늘의 나도 나고, 내일의 나도, 내일모레의 나도 나니까.

오늘을 충실히 행복하고 싶다. 좋은 것은 충실히 좋아하고, 슬픔은 충실히 슬퍼하고 싶다. 감추고, 참는 것은 언젠가 탈이 나기 마련이다. 행복도, 슬픔도 미루지 않으려 한다. 오늘의 행복을 놓치지 않겠다, 내일의 슬픔을 미리 겪지 않겠다 다짐한다. 강릉의 산과 바다와 사람 덕에 넘치도록 행복한 오늘이다. 그거면 됐다. 중요한 건, 오늘의 행복을 잘 소화하는 것뿐이다.

*

"아이고~ 알뜰히 잘 먹었네~" 바닥을 보인 그릇을 보며 건넨 옹심이집 주인장의 말. "바다는 매일 봐도 그 모습이 달라요. 참 신기하죠." 그가 만든 감자 스프를 먹고 있는 나에게 조용히 내뱉는 게스트하우스 주인장의 말. "오늘도 즐거운 여행 하세요." 주섬주섬 짐을 싸 공간을 나설 때 이어진 그의 마지막 말. 두 사람에게서 전해진 세 마디 말 덕에 나는 행복에 겨웠다. 혼자 실실 새는 웃음과 울음을 참지 않아도 되었고, 많이 걷고 많이 보았다. 일월의 강릉은 생각보다 추웠지만, 또 생각보다 따뜻함을. 짧은 새에 많이도 느꼈다.

*

　겨울이라는 글자를 앞에 두면 사뭇 다르게 느껴지
는 것들이 있다. 겨울 바다. 겨울 산. 겨울 숲. 어딘가
모르게 쓸쓸하고 쌀쌀한 느낌이 물씬 풍긴다. 짠 바다
내음은 유독 더 짤 것 같고, 산의 기세는 더욱 거칠고
셀 것 같다. 숲은 모름지기 초록이 가득해야 숲이니,
흰옷을 입은 겨울 숲은 상상이 되지 않는다.

　추운 겨울날. 대관령을 넘어 맞이한 바다와 산, 그
리고 숲은 하얀 포말과 하얀 눈으로 나의 생각을 깨끗
이 씻어준다. 겨울 바다는 되려 더 상쾌하다. 겨울 산
은 적막과 고요 둘 중간 어디쯤 서 있고, 겨울 숲은 초
록을 덮은 흰 나무와 그 모임의 아름다움이 무엇인지
알게 한다.

　사랑하는 것과 새로이 사랑하게 된 것들 속에서
보낸 지난 겨울날을 뒤로하고 오랜만에 돌아온 도시
의 모습이 꽤나 낯설다. 여전한 것들 속에 조금은 바

뀐 나를 집어넣는다. 묵은 이불 빨래를 하고, 작은 냉장고를 더 작게 만들었던 것들을 한데 모아 버린다. 화장실 바닥과 세면대 구석구석을 닦는다. 깨끗하고 하얗게. 완전하지 않더라도 있는 힘껏.

아직 봄을 기다리기엔 조금 이른 겨울의 한가운데. 새로운 한겨울에 맞이할 시작을, 그리고 그 시작을 맞이할 나를 준비한다.

마흔

그는 일상에서 가장 일상다운 것을 포착한다. 특별한 무언가가 아닌 가장 평범하고 익숙한 것. 우리를 감싸고, 우리가 서 있는 건물. 건물의 집합인 도시. 그 안에서 저마다의 모습으로 살아 숨 쉬는 사람을 사각 프레임 안에 담는다. 주변에서 흔히 볼 수 있는 순간을 놓치지 않고 자신의 방법으로 담아내는 사람을 보면 경이롭다는 말로는 부족할 정도로 존경스럽다. 삶의 테두리를 벗어나지 않고도 삶의 정중앙에서 숨 쉴

구멍을 찾아 하루하루 살아내는 작가의 오늘은 어떨지 궁금하다. 도시의 삶 속에서 가장 지치고 아픈 사람들을 마주한다는 물리치료사로서의 업을 감당하며, 본인의 지침과 아픔, 사랑을 사진으로 승화하는 의연함이 작품 곳곳에 묻어난다.

ONE STEP AWAY. 한 걸음 멀리서 바라보면 모든 것이 작은 점과 같다고 말하는 작가는 불안이 넘치는 도시의 삶 속에서 누구보다 넓은 시야를 가지고도 작은 것을 소중히 여기는 시선을 지닌 사람인 듯하다. 소중하기에 무조건 그 대상을 가까이 두고 보아야 하는 것은 아니다. 소중하기에 더 멀리서 더 오래 바라보고 더 천천히 숨죽여 다가갈 때 대상의 진정한 가치를 발하게 해줄 때가 있다. 모두가 살아가는 도시에서 누구도 큰 의미를 두지 않아 무심히 흘러가는 장면을 포착하는 노력은 비단 사진만이 할 수 있는 일은 아니다. 글이든 그림이든 음악이든. 무엇이 되었든 찰나의 순간을 담을 수 있다. 담고자 하는 마음과 행하는 노력만 있다면 누구든 할 수 있다. 다만, 누구나 할 수 있는 것을 진정 삶으로 살아내는 사람은 흔치 않다.
결과로 증명하며 과정을 공유하고, 타인의 새로운 시
작에 영감을 줄 수 있는 사람은 더더욱 흔치 않다. 그
런 의미에서, 이번 사진전은 다른 어떤 전시보다 오래
기억될 듯하다. 사각 프레임 안에 담긴 입체의 세상을
살아가는 오늘. 한 걸음 멀리서 나의 세상을 바라본
다. 저마다의 이야기가 가득한 세상. 혼란한 일상에서
곳곳에 존재하는 평화를 찾는다. 평화는 도처에 실존
한다.

이경준 사진전 'ONE STEP AWAY'를 보고

봄의 싱숭생숭함. 여름의 끈적함.
가을의 쓸쓸함. 겨울의 공허함.
계절을 버티는 너끈한 마음이 필요하다.

마흔하나

일상을 살다 보면, 문득 군 생활의 기억이 떠오를 때가 있다. 아무런 예고나 신호 없이 정말 문득 그때의 기억이 찾아온다. 훈련을 나갈 때면 비닐봉지에 밥이며 반찬이며 모두 넣어 맛다시를 주욱 짜 섞은 후에, 모서리를 이로 물어뜯어 짜 먹으며 끼니를 때웠던 기억. 사회에서는 나보다도 운전 경력이 많고 능숙한 후임을 상대로 조금 더 먼저 군 생활을 시작했다는 이유로 운전 교육을 했던 기억. 일과를 마친 후엔 항상 관물대 앞에 등을 기대어 앉아 일기를 썼던 기억. 셀수 없이 많은 기억들이 때론 선명히, 때론 흐릿하게 찾아온다.

이 년 남짓 되는 기간 동안 나는 꽤 괜찮은 군인이었다. 여러 이름의 포상 휴가를 많이 받았고, 따르는 동생들이 많았다. 덕분에 나쁜 기억보다는 좋은 기억이 더 많다. 그때의 내가 마음속으로 매일 되뇌던 말이 있다. '변수를 만들지 말자.' 아직 해도 뜨지 않은 이른 아침 기상송이 울리고, 떠지지 않는 눈을 비비며 아침 점호를 받으러 나갈 때부터. 저녁 개인 정비 시간을 마치고 복무 신조를 외친 후에야 잠들 수 있었던 하루의 끝까지. 매순간 되뇌던 말이 '변수를 만들지 말자.'였다.

'변수를 만들지 말자.' 길게 생각하지 말고, 깊게 생각하지 말자. 그래. 그냥 하라는 대로 하고, 정해진 일과를 잘 보내자. 조금 더 빨리 하자고, 조금 더 편하게 보내자고 꼼수 부리지 말자. 어쩌면 이 한마디 덕분에 큰 사고 없이 무탈하게 전역했는지 모른다. 하지만 높은 군부대 담벼락을 벗어난 그 한마디는 힘을 잃고 만다. 세상은 변수로 가득하다. 매일 똑같은 것 같지만, 매일 다르다. 같은 공간, 같은 사람과 함께 하더라도 그 안에서 벌어지는 모든 것은 새롭다. 한마디로 변수로 가득 찬 세상이다.

예상치 못한 상황과 환경 속에서 맞닥뜨리는 예상치 못한 변수들은 불안정한 삶을 더욱 불안정하게 만든다. 흔들리는 환경 위에 서 있는 나의 하루는 요동친다. 마음의 근육이 굳건하다면 변수를 즐길 수 있겠지만, 지금의 나는 흐물흐물해 녹아내릴 지경이니 수많은 변수를 직면하기란 여간 어려운 게 아니다. 더이상 정해진 일과도, 일과를 지시하는 상급자도, 답답하지만 든든한 울타리도 없다. 삶의 곳곳에서 자연히 생기는 변수들은 어쩌면, 그 모습이 자연스러운 것일지 모른다. 모든 변수를 없애고 해결하는 것이 부자연스러운 것일 테다.

변수는 언제든 어디서든 나타난다. 어쩌면 인간의 계획과 준비로는 피하지 못하는 게 당연하다. 용감한 사람이라면 거뜬히 마주해 승부를 볼 테고, 의연한 사람이라면 담담히 마주해 그러려니 할 것이다. 용감하지도, 의연하지도 못한 나는 변수를 마주하는 대부분의 순간에 주저앉고 만다. 의연하고 무던한 사람이 되길 꿈꾼다. 매 순간 꿈꾸지만, 매 순간 꿈과 멀어지는 듯한 기분에 또 쪼그라든다. 불쑥 찾아오는 변수를 피해 오다 막다른 벽에 다다른 기분이다. 이 벽 뒤엔 무엇이 있을까.

길일까. 낭떠러지일까. 도무지 알 수가 없다.

마흔둘

세상에 당연한 건 없다는 단순하고 명쾌한 한 줄이 꼬인 실타래를 풀어주는 경우가 많다. 미리 알았더라면 실타래가 꼬이지 않았을까 싶지만, 그럼 또 사는 게 너무 재미없을지도 모를 일이다. 시간이 흐를수록 아는 사람은 많아지지만, 남는 사람은 줄어든다. 이리저리 다니며 인사 건네고 인사 받는 사람은 많지만, 가만히 앉아 아무 말 없이 있어도 아무렇지 않은 사람은 적다.

주위를 둘러본다. 곰곰이 생각해 본다. 떠오르는 몇몇이 있다. 그들의 마음에도 내 얼굴이 떠오를까 조금 기대해 보지만, 이내 접는다. 떠올릴 얼굴이 있다는 것만으로도 충분하다. 당연하지 않은 만남과 그 만남을 함께해 준 얼굴들이 유독 고마운 요즘이다. 항상 새로움을 좇는 나지만, 사람은 옛사람이 좋더라. 가끔 실타래가 꼬이더라도 단숨에 자르지 말자. 차근히 살피고 조금씩 풀어보자. 당신도 나에게. 나도 당신에게. 남는 사람이 되자.

마흔셋

하고 싶은 일을 하기 위해 하기 싫은 일을 한다고 말하기엔 잔인하다. 사랑하는 일을 꾸준히 사랑할 수 있도록 하기 위한 길에 들어섰다 말하고 싶다.

언제나 설레는 마음으로 찾았던 우체국이지만, 오늘은 사뭇 다르다. 설렘 가득한 상자를 포장하고 나니 해야 할 일이 하나 더 남았다. 다섯 장의 종이에 '나 이런 사람이오.'하는 글을 잔뜩 담은 지원서를 봉투에 넣고 빠른 등기로 접수해야 한다. 등기 하나 보내는 것일 뿐인데, 이렇게 떨릴 일인가 싶다. 전국 곳곳의 책방에 소포는 수없이 보내 봤지만, 등기를 보내는 건 처음이다. 그래서일까 우체국 사전접수 앱에서 신나게 특별송달을 선택했다. 접수 내역을 본 우체국 직원분은 "이건.. 그.. 법원에서.. 소송하거나 그럴 때.." 라고 읊조리신다. "앱에서 일반등기 선택하시고, 익일특급 눌러서 다시 해보실래요? 아, 그리고 봉투는 그냥 드릴게요."

작은 동네 우체국의 몇 안 되는 창구 중에서 유독 익숙하고 편한 분이라 매번 올 때마다 여러 신세를 지곤 한다. 저번엔 짧게 자른 머리를 알아보시더니, 오늘은 봉툿값을 빼주신다. 몇백 원 안 하는 봉투지만, 오가는 정은 몇 배의 값어치를 한다. "아, 정말요? 감사합니다.. 특별송달이 빠른 등기가 아니군요.. 네네.. 처음 해봐서.. 죄송해요.." 머쓱한 인사를 건네고 우체국을 나선다.

때맞춰 바로 앞 횡단보도 신호등이 초록으로 바뀌고 몇몇 사람들은 뛰기 시작한다. 어제의 나라면 함께 뛰었겠지만, 오늘은 뛰지 않는다. 깜빡이며 조금씩 줄어드는 신호등 불빛을 쳐다본다. 이내 빨간 불로 바뀌고, 횡단보도를 가로질러 차들은 달린다. 괜히 우체국 간판을 보며 사진 한 번 찍고, 다음 신호를 기다린다. 얼마 지나지 않아 다시 초록 불이 켜진다. 한번 숨을 고른 덕일까. 뛰지 않고 찬찬히 걸으며 길을 건넌다. 그렇게 설렘과 떨림이 한데 엉킨 하루를 건넌다.

하고 싶은 일을 하기 위해 하기 싫은 일을 한다고 말하기엔 잔인하다. 사랑하는 일을 꾸준히 사랑할 수 있도록 하기 위한 길에 들어섰다 말하고 싶다.

마흔넷

신설동역. 우이신설선에서 내려 일 호선으로 갈아
타기 위해 가는 길. 양손 가득 짐은 없지만, 그보다 무
거운 짐을 마음에 품고 걷는다. 톡 치면 눈물이 나거
나 툭 치면 화가 나는 요즘이다. 잔뜩 웅크린 채 고슴
도치처럼 언제 가시를 세울지 기다리거나. 둥둥 부유
하며 누군가 건드릴 기미라도 보이면 몸을 부풀리는
복어와도 같겠다.

그런 나를 가운데 두고 남자 녀석 다섯이 앞질러 뛴다. 아직 방학일 텐데 다들 같은 옷을 입고 있다. 교복인지 체육복인지 모르겠다. 너무 빠르다. 오른쪽 어깨를 툭. 후다다다다닥. 또 툭. 후다다다다닥. 이번엔 왼쪽 어깨를 툭. 툭. 와다다다다닥. 깊게 심호흡을 한다. 참을 인 자 셋이면 살인도 피한다 하지 않았던가. 흐읍-후. 흐으읍-후우우.

그런데 이건 세 번이 아니잖아? 다섯 녀석. 아니, 다섯 놈이었다고. 뭐가 그리 신나서 좁은 플랫폼을 저리 뛴단 말인가. 나 고슴도친데! 나 복언데! 하고 가시든, 독이든 내보이려는 찰나. "저럴 때가 좋을 때야. 저럴 때가. 나도 저럴 때가 있었는데. 에휴. 나도." 연보라 카디건에 진보라 털모자를 쓴 굽은 허리의 할머니. 더도 말고 덜도 말고 딱 이 한마디를 남긴 채 할머니는 천천히 내 옆을 지난다. 아직도 화가 풀리지 않은 채 걸음을 재촉하던 내 귀에 들어온 한마디가 떠나질 않는다.

넘치는 활기를 주체 못 하고 뛰어가던 다섯 놈. 아니, 다섯 녀석. 그리고 그들을 바라보는 보랏빛 할머니. 그 중간 어디쯤에 서 있는 나. 나는 어디에 있는가. 그들처럼 뛰는가. 그들로 인해 분노하는가. 그들을 부러워하는가.

눈물과 분노가 답이 아니다.

마흔다섯

사 년에 한 번 돌아온다는 2월 29일. 평소와 다름
없는 하루지만, 사 년에 한 번이라 하니 특별해진다.
몇십 년 만에 한 번 뜬다는 블루문이나, 태양과 달이
어쩌구 하는 날처럼 말이다. 달력이 없었을 시절엔 이
날이 특별한 날이었을까 싶지만, 지금은 달력을 너머
초 단위 시계의 지배를 받는 삶을 살고 있으니 시간과
숫자에 반항하기 보다는 순응하는 게 맞을지 모른다.

지금껏 살아온 삼십여 년의 시간은 정돈되어 있지 않다. 특히나 보편의 정석과도 같았던 십 대를 벗어난 이십 대의 나날은 매 순간 때마다 끌리는 쪽을 선택했다. 해야만 하는 일과 하고 싶은 일이 있다면 고민 없이 후자였다. 당장 내일 일도 모르는 우리네 인생에 하고 싶은 게 있다면 해야지 하는 마음으로. 그렇게 십 년의 알찬 세월을 보냈고, 눈 깜짝할 새 끝났다.

숫자는 잔인하다. 숫자는 빈틈이 없다. 앞자리가 2에서 3으로 바뀐 후부터는 해야만 하는 일과 하고 싶은 일 사이에서 고민하는 시간이 길어졌다. 그러다 해야만 하는 일을 선택하기도 했다. 물론 타고난 성정을 바꿀 수는 없어, 오래 버티지 못하고 다시 원점으로 돌아왔다. 다시 돌아온 그 곳에서 나의 선택은 어떨까. 하고 싶은 일을 선택할까? 사실, 나도 잘 모르겠다. 요즘 나는 아는 게 없다. 알던 것도 잊고 산다. 내가 어떤 사람인지. 무얼 좋아하는지 잊었다.

잊었다기 보단, 알지만 외면한다는 말이 맞을 것

같다. 내가 나를 외면하기 시작한 순간부터 매일이 괴로웠다. 더 이상 괴롭고 싶지 않아 남들처럼 살아보려고도 했다. 이 나이. 이 숫자에 맞는 선택. 가령, 취업을 한다든가. 차를 산다든가 하는. 보편과 평균의 길. 지난 몇 달 간 그런 삶을 살아보고자 꽤나 발버둥쳤다. 내가 가진 자격은 무엇인지. 나를 필요로하는 곳은 어디인지. 살 수 있는 차는(물론 중고로) 어떤 게 있는지. 서울에서 살아야 할지. 본가로 돌아가야 할지.

운이 좋게도 입사 지원서를 넣은 모든 곳에서 서류 전형에 합격했다. 총 다섯 곳을 지원했고, 결과적으로 그중 세 곳은 그쪽에서 나를, 두 곳은 내가 그쪽을 기절했다. 쉽게 말해 어느 곳과도 연이 닿지 않았다. 거참, 보편의 삶이 이토록 어려운 건가? 싶으면서도 내심 다행이다 싶다. 덜컥 어느 곳에 붙어버리면 그 길로 꼼짝없이 나의 내일은 달라질 테니까. 길었던 머리가 짧아지고. 넓었던 바지통이 좁아지는 것처럼. 나의 생각과 선택의 폭은 줄어들 테니까. 그래서 그냥 다행이라 여기고 있다. 마음 한편엔 여전히 뭐 먹고 살아야 하나 걱정이 가득하지만. 설마 내 몸 하나 건사 못할까 싶다. 나는 아직 가고 싶은 곳도 많고, 하고 싶은 것도 많다. 이렇게 된 김에 미뤄두고 아껴 두었던 꿈들을 신나게 펼쳐 보아야겠다. 그 일들이 돈이 되면 땡큐고, 안되면... 그래도 땡큐다.

언제나처럼 계획대로 살지 않을 때 더 즐거웠던 나를 '다시' 찾고 있다. 내가 쓰고 만들었던 책을 '다시' 읽고, 찍었던 사진을 '다시' 본다. 찌질했지만, 행복했고 눈물보단 웃음이 많았던 그 시절의 나를 '다시' 찾는다. 글을 쓰는 지금, 잠깐 상상했는데 벌써 행복하다. 웃음이 실실 새고 가슴이 두근거린다. 그래. 생긴 대로 살자. 남들이 어떻게 살든, 그만 신경 쓰자.

내 쪼대로 살자 이 말이야!

Who cares!

마흔여섯

한 해의 시작은 양력 일월 일일만 있는 것이 아니
다. 음력 일월 일일. 그리고 최후의 보루. 새 학기가
시작하는 삼월. 나에겐 이 셋 모두가 한 해의 시작점
이다.

새해 계획을 양력 기준으로 세운다면, 그 사람은
정말 대단한 사람이다. 음력으로 세우고, 실천하는 것
또한 대단하다. 조금 더 봐줘서 학생의 마음으로 돌아

가 삼월에 시작한다 해도 괜찮다. 만물이 소생하는 꽃 피는 삼월이니 무엇이든 새롭게 시작하기 좋은 때다. 하지만 나는 셋 중 어느 때에도 새롭게 시작하지 못했 다. 방송사에서 연말 시상식을 진행하고, 중간에 보신 각 타종 행사를 이원 생중계하던 때는 일찌감치 지났 다. 손수 만두를 빚고, 하얗고 긴 가래떡을 종종 썰어 진한 곰탕 국물에 가득 담아 만든 만둣국을 먹으며 새 해 덕담을 나누던 때도 지났다. 그리고 결국. 마침내. 새 학기가 시작되었다. 지난 몇 달간 조금은 한산하 던 지하철과 버스에 똑같은 옷을 입은 푸릇한 학생들 이 자리한다. 재잘재잘 떠들고, 옆구리를 찔러가며 장 난을 친다. 그 속 사정을 모두 알 수는 없지만, 겉으로 보기엔 세상 모든 것이 재미있어 보이는 영락없는 학 생의 모습이다.

모두가 새로움에 적응하고 그에 발맞춰 앞으로 나 아간다. 누구나 마땅히 그래야 하지만, 애석하게도 난 누구나에 속하지 못했다. 양력 새해도. 음력 새해도. 삼월의 새 학기도. 나의 새로움과는 호흡이 맞지 않았

다. 뭐 어쩌겠나. 이미 벌어진 것을. 그래도 후텁지근
한 여름이 시작되기 전에는 무엇이 되었든 시작해야
겠다.

나의 때에. 나의 속도로. 옳다고 믿는 방향으로.

마흔일곱

게으른 완벽주의자. 텔레비전 채널을 돌리다 멈칫
하게 한 단어. 누가 말했는지, 어떤 내용으로 말했는
지 기억나지 않는다. 다만, 나는 멈칫했고 뜨끔했다.
'완벽주의자'. 결함이 없이 완전함을 추구하려는 태도
를 지닌 사람. '게으르다'. 행동이 느리고 움직이거나
일하기를 싫어하는 성미나 버릇이 있다. 전혀 어울릴
것 같지 않은 두 단어가 한 곳에 자리한다. 결함없이
완벽하고 싶은데, 움직이거나 일하기를 싫어한다. 마

치 창과 방패가 하나의 형태로 존재할 수 있다는 말처럼 들린다. 한 쪽은 찌르려 하고, 다른 한 쪽은 막으려 하는 모양새다.

왜 게으른 완벽주의자라는 말에서 뜨끔했을까. 아마도 내가 게으른 완벽주의자이기 때문이지 않을까. 어떤 것이든 완벽하게 해내고 싶어하지만, 싶어하는 것에서 멈추기만 할 뿐. 몸을 일으켜 움직이진 않는다. 머릿속으로는 수천 수만가지의 계획과 아이디어를 생각해낸다. 하지만 그 뿐이다. 머릿속을 벗어나 손끝으로, 발끝으로 행해지는 것은 많지 않다. 한 손에 꼽을 정도. 그 마저도 상상했던 것에서 벗어나기 시작하면 다시 원점으로 돌아가기 일쑤다. 그러고는 그 자리에 주저앉는다. 역시 무리였다며, 괜히 시작했다며 자책한다.

골똘히 생각한다.(이 생각은 생산적인 생각이다. 아마도) 불완전한 세상에 사는 불완전한 인간이 완벽한 존재가 되는 게 애초에 가능한 일인가. 불가능하다. 그럼 완벽주의를 삶의 기치로 내거는 사람들은 진리와 같은 이 사실을 모르는 것인가. 알고 있을 것이다. 알고 있음에도 불구하고, 왜 완벽함을 추구할까. 알고 있기 때문에, 그렇기 때문에 조금이나마 불완전함을 메우고, 채워 완전하고 완벽한 존재가 되자는 의미일 테다. 앞에서 시작한 삶의 태도는 월요일부터 일요일까지 빈틈없이 완벽한 매일을 추구하게 한다. 조금이라도 더 완벽한 나를 위해.

시선을 좁힌다. 다른 사람은 모르겠고, 일단 나의 삶을 들여다본다. 나는 완벽주의자인가. 일부는 맞고, 일부는 틀리다. 아침에 눈을 뜨고, 밤에 눈을 감을 때까지 모든 순간을 완벽하게 살아내려 하진 않는다. 아마 그런 삶을 살아왔다면, 지금의 내 모습과는 퍽 다른 내가 숨 쉬고 있을 것이다. 다만, 내가 원해서, 혹은 선택해서 시작한 일에는 지나칠 정도로 집착한다. 잘 해내야 한다는 강박. 틀리지 말아야 한다는 생각이 나를 갉아 먹는다. 분명 재미있어서 시작한 일이지만, 어느 순간 무조건 잘 해내야 한다는 굴레에 갇히고 만다. 굴레에 나를 가두는 건 다른 이도 아닌 바로 나 자신이다. 애초에 태어나길 불완전한 인간으로 태어난 것도 망각한 채. 그렇게 스스로를 가두고, 채찍질한다. 채찍질의 결과가 원하는 대로 나온다면 다행이다. 하지만, 대부분의 경우엔 그 반대다. 예상한 것과 전혀 다르거나, 기대한 목표치에 미치지 못하는 경우가 많다. 어쩌면 당연한 결과다. 하나부터 열까지 예상하고 계획한 대로 이루어지는 일이 얼마나 있을까. 간단하고 자명한 이 사실은 어제보단 오늘. 오늘보단 내일 깨닫기 마련이다. 문제의 한 가운데 놓여있을 때는 간단한 진리조차 잊고 만다. 그리고 좌절하고, 무너진다.

몇 번의 실패를 겪다 보면 무뎌질 만도 하다. 홀홀 털고 일어나 새로운 일을 하면 된다. 하지만 나는 그 정도로 단단하지 못다. 새로운 한 걸음을 내딛기는 커녕 지금껏 왔던 걸음조차 틀리진 않았나 뒤돌아보게 된다. 혹시 잘못된 길로 온 건 아닐까. 오면서 놓친 것이 있진 않을까. 머리 한가득 수많은 물음표를 만들며 의심하기 시작한다. 몇 번의 이런 굴레를 반복하다 보면, 모든 게 조심스러워진다. 사람도 상황도 회피하게 된다. 밖을 나서기보단 안에서 웅크리게 되고, 남과 함께하기보단 나 혼자 끙끙댄다.

이때 찾아오는 게 게으름이다. 활활 타오르는 불처럼 뜨거웠던 열정이 식은 자리엔, 끈적하고 물컹한 게으름만이 자리한다. 떼어내고 끊어내려 하지만, 여간 어려운 게 아니다. 한번 붙은 게으름은 싸구려 판박이 스티커처럼 있는 힘껏 떼어내도 그 흔적을 남긴다. 분명 문제가 있다. 꼬인 실타래를 풀어본다. 이미 꼬일 대로 꼬여, 시작과 끝이 어딘지도 모르겠다. 단숨에 가위로 잘라버릴까 싶지만, 그러면 다시는 실을 쓸 수 없게 된다. 솟구치는 화를 누르며 차근히 풀어본다.

얼키설키 꼬인 줄로만 알았던 문제가 생각보다 간단하다. 문제의 끝을 잡고 천천히 풀어보니 금세 시작에 이른다. 완벽해지려 하지 않으면 된다. 정말 그 뿐이다. 완벽을 추구하고, 완벽한 사람이 되는 것을 포기하면 된다. 어차피 불가능 할 것을 아는 무언가를 끝까지 붙잡고 이루려 하는 건 때로는 무모하다. 운이 좋아 완벽한 결과를 얻을 수 있다. 하지만 그 결과는 운이 좋았을 뿐이다. 이번에 따라줬던 운이 다음에도 따라주리라는 법은 없다. 운에 기대는 선택은 위험하다. 완벽하지 않을 테지만, 그럼에도 불구하고 한 걸음 내딛는 것. 실수가 가득하고 예상 밖의 일들이 예상 밖의 곳에서 튀어나올 테지만, 또 한 걸음 내딛는 것.

완벽하지 않은 사람이 내딛는 완벽하지 않은 한 걸음의 종착지는 누구도 알 수 없다. 걸음을 내딛는 본인도, 걸음을 지켜보는 타인도 알 수 없다. 답이 정해진 문제를 푸는 건 수학 문제로 족하다. 그마저도 틀렸던 나다. 답도 없는 내일이 두렵고 무서운 건 당연하다. 당연한 것을 당연하게 받아들이고 싶다. 그리고 이해한 그대로 행동하고 싶다. 망설이고 멈칫하기엔 나의 오늘이 너무 짧다. 어제저녁 OCN에서 방영한 〈탑건 : 매버릭〉의 대사 한 줄이 생각난다.

"Don't think. Just do it."

"생각하지 말고 그냥 해."

마흔여덟

심란하고 소란하고 요란하고 혼란하다. 하루에도 수십 번, 수백 번 바뀌는 마음에 정신을 못 차릴 지경이다. 눈 떨림과 이명은 익숙해진 지 오래다. 마그네슘이라도 먹으면 조금 나아질까 싶어 먹고 있지만, 소용없다. 하얀 알약 하나로 진정되기엔 너무 깊은 곳에 자리한 생채기인듯하다. 좋았던 것이 싫어지고, 싫었던 것이 좋아지기도 하는 게 사람이라지만, 이건 너무하다. 오전에 좋았던 것이 오후에 싫어지기도 하는 건

가. 만약 그렇다면 오전의 내가 진짜인가. 오후의 내가 진짜인가. 오전의 나도 나고, 오후의 나도 난데 그럼 저녁의 내가 선택하면 되는 건가. 도통 알 수가 없다.

분명 오전의 나는 여행을 떠나고 싶었다. 그것도 해외로. 그것도 오래. 어디든 상관없었다. 익숙한 환경과 익숙한 언어에서 나오는 익숙한 생각에서 벗어나고 싶었다. 이국의 소리를 배경으로 길을 걷고, 길 따라 놓여있는 각양각색의 나무와 꽃, 그리고 사람들을 보고 싶었다. 그러다 출출해질 때면 이름 모를 식당에 들어가 더듬더듬 거리며 주문을 하고, 그들의 음식으로 주린 배를 채우고 싶었다. 생경한 곳에서 겪는 일상의 모습을 눈에 담고, 여유가 된다면 글로도 남기고 싶었다.

오후의 나는 어떻게 하면 서울에서 버티고 살 수 있을까 고민한다. 당분간은 보지 않기로 다짐한 구인 공고들도 다시 살피고 있다. 이 동네는 월세가 얼만지, 저 동네는 전세 사기로부터 안전한 곳인지 저울

질한다. 그러다 역시 서울은 버거운 곳이라며 고개를 가로젓는다. 일자리를 구하고 잠자리를 구한다. 주변의 시선을 의식하고 그들의 시선이 미치는 곳에 조금이라도 가닿으려 발버둥 친다. 그럼 조금이나마 그들처럼 살 수 있지 않을까. 번듯하진 않더라도 안정적인 하루를 살아낼 수 있지 않을까. 상상한다.

지금은 밤이다. 저녁은 눈 깜짝할 새 지나갔다. 층간소음은 없지만, 벽간소음은 상당한 집에서 어제와 다름없는 소란한 밤을 맞이한다. 도대체 B01호 아저씨는 무엇을 먹고 마시길래 매일 용트림을 하는 걸까 궁금하다. 인간에게서 날 수 있는 소리인가 싶다. 내가 사는 B02호와 B01호 사이엔 꽤 두꺼운 콘크리트 벽이 있다. 얇은 가벽도 아닌 두껍고 단단한 콘크리트 벽을 뚫고 나오는 그의 용트림은 매일 나의 밤을 망친다. 덕분에 오늘도 요란스럽고 혼란스러운 밤이다.

아침부터 밤까지. 어느 순간 하나 안온한 적이 없는 오늘이다. 매 순간 흔들리고, 매번 넘어진다. 하루를 몽땅 망친 것만 같다. 오늘 내가 이룬 건 무엇인가 돌아본다. 완성형이 아닌 진행형이어도 괜찮다. 오늘 내가 이루고 있는 것은 무엇인가. 아무리 되물어도 답할 수 없다. 공허하게 흘러가 버린 하루는 붙잡는다고 붙잡을 수 있는 것이 아니다. 그저 그렇게 오늘은 어제가 된다.

매일을 가득 찬 하루로 보낼 수는 없다. 그래도 바라는 건, 후회보다는 아쉬움이 남길. 그래서 내일은 그 아쉬움의 공간을 조금이나마 채울 수 있길 바란다. 그뿐이다. 오전의 내가 다르고, 오후의 내가 다르다 해도 나는 나니까. 멀리 떠나고 싶은 마음을 품은 것도 나이고, 지금 발 디디고 있는 이곳에서 자리 잡고 싶은 꿈을 꾼 것도 나다. 복잡한 나를 오롯이 바라본다. 정말 내가 원하고, 하고 싶은 게 무엇인지 생각한다. B01호 아저씨의 용트림이 잠시 멎었다. 깊이 생각할 수 있는 많지 않은 때를 맞이한 오늘 밤의 지금. 깊지만 길지 않은 생각의 끝에서, 다가올 내일을 바라본다.

마흔아홉

　세상에 내 마음처럼 되는 것도, 내 마음대로 되는 것도 없다 생각될 때. 그럼에도 불구하고 내 마음에 무언가 자리한 게 있다면, 그 무언가를 믿고 힘껏 일어나 보는 건 어떨까. 꽁꽁 감추어 두었던 무언가를 꺼내 보이는 건 어떨까. 무언가를 믿는 것도, 무언가를 꺼내 보이는 것도 나만이 할 수 있는 일. 가끔은 나를 무작정 믿어보는 용기가 필요하다.

쉼

지난겨울, 스토리지북앤필름에서 진행한 〈윈터레
터 : 익명의 수신인에게〉 기획전에 참여했다. 말 그대
로 대상이 누군지 모르는 익명의 수신인에게 편지를
쓰는 것이었는데, 기쁜 마음으로 참여하기로 했고, 그
순간부터 머리가 지끈했다. 시작부터 막막했다. 뭐라
고 인사를 건네야 할지 도무지 감이 오질 않았다. 반
말을 해야 하나. 존댓말을 해야 하나. 호칭은 뭐라고
해야 하지. 하나에서 열까지 가기도 전에 하나부터 어

려웠다. 며칠을 고민하다 새하얀 새 문서 파일을 열고 쓰기 시작했다. 그리고 생각보다 더 깊은 안부를 익명의 수신인에게 물었다. 편지의 대부분은 나의 넋두리이자 푸념이었지만, 수신인의 행복을 진심으로 바라며 써 내려갔다.

기획전이 모두 끝난 지금, 익명의 독자인 당신에게 같은 안부를 묻는다. 편지의 수신인에게 전했듯 언젠가 좋은 기회와 때에 함께 얼굴을 마주하고 인사할 날을 꿈꾼다. 그리고 그때 서로의 안녕을 묻고, 안녕을 바라길 꿈꾼다.

안녕하세요. 저를 모르고, 저도 모르는 분께 편지를 쓰자니 어떻게 인사를 건네야 할지 오랜 시간 고민하게 됩니다. 요즘, 안녕하신가요? 서로의 안녕을 묻는 게 어느 때보다 소중한 나날입니다. 당신의 오늘이 안녕하길 먼발치에서 진심으로 바랍니다. 제가 편지를 쓰는 오늘은 한파경보가 내려진 날이랍니다. 이름도 무서운 북극한파가 몰아치는 날인데, 편지를 받아보시는 당신의 오늘은 여전히 추울지, 조금은 따뜻할지 모르겠어요. 몸은 춥더라도 마음만은 따뜻한 하루에 이 편지를 읽어보시길 바랍니다. 제가 드리는 편지가 추운 마음을 조금이나마 덥힐 수 있다면 더할 나위 없겠고요.

요즘 저는 정처 없이 떠돌아다닌답니다. 어딘가에 속해 있지 않은지 벌써 반년이 넘어가고요. 그러다 보니 제 하루는 오롯이 제가 계획한 대로 흘러갑니다. 좋을 수도, 나쁠 수도 있는 하루하루지요. '게으름이 살아 움직이는 생물이라면 내가 그 표본이지 않을까?' 할 정도로 게으른 사람이라, 하루를 텅 빈 채로 흘려보낼 때도 많이 있답니다. 그래도 가끔 부지런을 떨기도 하지요. 그럴 때마다 정처 없이, 이곳저곳을 떠돕니다. 자주 가던 곳을 가기도 하고, 처음 가는 곳을 가기도 합니다. 마침 어제는 처음 수원을 가보았어요. 서울과 가깝다는 이유로 항상 여행의 목적지에는 속하지 않았던 곳인데, 서울 같지만, 서울 같지 않은 수원의 모습에 퍽 기분이 좋았답니다.

수원의 하늘은 넓었어요. 직선보다는 곡선이 많았고, 좋은 사람이 많았습니다. 짧지만 농밀한 시간을 보내고 다시 보금자리로 돌아와 지난 하루의 기억을 정리해 보았답니다. 삶을 환기하고, 마음을 돌보는 데에는 굳이 큰 것이 필요하지 않은 것 같아요. 비행기를 타고 먼 이국으로 가거나, 비싼 돈을 들여 무언가를 사야만 하는 건 아니니까요. 지척에 두고도 외면했던 것을 직면하거나, 연락이 뜸한 소중한 이에게 용기 내 먼저 연락해 보는 것만으로도 우리의 오늘은 꽤 윤

택해지는 듯합니다.

당신은 고민이 많은 편인가요. 아니면 그 반대인가요. 저는 전적으로 전자에 속하는 사람이랍니다. 하루를 고민과 생각으로 시작해 불안으로 마무리하지요. 하고 싶은 건 많지만, 몸이 따라주지 않거나 마음이 따라주지 않은 적도 많고요. 욕심부리는 것만큼 결과가 나오지 않아 바닥에 풀썩 주저앉을 때도 많답니다. 요즘 혼자 보내는 시간이 부쩍 많아졌는데, 이런 성격이 혼자만의 시간을 부르는 건지, 혼자만의 시간이 이런 성격을 만드는 건지는 잘 모르겠어요. 닭이 먼저냐 달걀이 먼저냐 같은 문제랄까요.

무엇이 되었든, 저는 고민과 생각, 불안이 덕지덕지 붙은 사람이랍니다. 그래서 때로는 화도 내고, 울기도 합니다. 화를 내는 대상이 따로 있지는 않아요. 그냥 가끔 스스로가 질릴 정도로 싫을 때가 있습니다. 도대체 왜 이러느냐 저에게 소리치는 거죠. 그러다가 또 스스로 측은해지기도 하고. 끝없는 뫼비우스의 띠처럼 끈적한 감정들에 파묻혀 보내는 나날이 많습니다. 당신은 어떤가요? 스스로를 사랑하나요. 스스로를 채찍질 하나요. 어떤 성정을 가지고 계신지는 모르겠지만, 부디 스스로 사랑하길 바라요. 작은 것에 칭찬해 주고, 잘했다 말해 주길 바라요. 나에게 인색한 삶은 생각보다 많이 슬프답니다. 당신의 삶 속에서 가득 찬 행복을 누리길 바라고, 그 행복이 흘러넘쳐 저에게까지 이르길 바랍니다. 덕분에 저도 퍽 행복하다 느낄 수 있도록 말이지요.

너무 큰 욕심이려나요? 만약 욕심이라면, 부려보고 싶은 욕심입니다. 저도 조금씩 행복해지는 연습을 하고 있답니다. 내가 행복해야 주변에 있는 사람들도 행복할 수 있지 않을까 하는 마음을 품으면서요. 제 지인들은 "네 곁엔 좋은 사람이 참 많아."라는 말을 자주 건넨답니다. 신기한 건 그 말을 건네는 사람들이 바로 그 '좋은 사람'이라는 거예요. 좋은 사람이 보기에도 좋은 사람이 많아 보인다면, 그런 삶 속에 제가 있는 거라면 더 큰 행복이 따로 필요할까요? 어쩌면 저는 좋은 사람들이 손에 손잡고 만들어준 따뜻한 울타리 속에서 살고 있는지도 모르겠습니다. 지난 어제도, 편지를 쓰고 있는 오늘도, 다가올 내일도 모두 그들 덕분인 것이지요.

그래서 저는 좋은 사람이 되고 싶어요. 사랑을 주는 그들에게 저도 돌려주고 싶어요. 부족하지만, 많이 노력하고 있답니다. 대단한 건 아니지만요. 먼저 안부를 묻는 것. '밥 한 번 먹자.' 라는 말을 행동으로 옮기는 것. 그리고 그 한 번을 두 번, 세 번으로 만드는 것. 여전히 곁에 있어 줘서 고맙다고 말하고, 나는 여전히 부족해 미안하다 말하는 것. 이런 제 말과 행동이 그들의 마음에 닿길 바라며 부단히 노력하고 있답니다. 사랑한다 말하고 싶지만, 아직 그건 어려워요. 언젠가 말할 수 있겠죠? 저는 정말 그들을 사랑하거든요.

좋은 사람들 덕에 좋은 사람이 되고 싶어 다행입니다. 저는 입버릇처럼 '다행'이라는 말을 많이 한답니다. 매일 매일이 행복할 수 없다는 것을 알고 나선, 행복한 매일보단 다행인 순간이 가득한 매일을 꿈꾸고 있어요. 뒤돌아보면 다행인 순간이 참 많더라고요. 이 편지를 읽는 당신의 하루가 이곳저곳에 숨어있는 다행과 함께하길 바라요. 그 순간들이 모여 꽤 좋은 하루가 완성되길 바라요. 꽤 괜찮은 하루를 보낸 뒤, 따뜻한 물로 씻고, 미리 데워 둔 포근한 침대에 누워 고민과 걱정은 뒤로하고 잘 잤으면 좋겠어요. 일단 푹 자고 일어나, 그다음에 생각해요. 그래도 늦지 않아요. 잘 먹고, 잘 자는 것만큼 중요한 건 없답니다.

언제나 선명하고 반짝이는 순간도 좋지만, 조금은 더디더라도 오랫동안 함께 빛날 수 있는 사람과 함께하길 바라요. 그리고 저와 당신도 언젠가 좋은 기회와 때에 함께 얼굴을 마주하고 인사할 날이 오면 좋겠어요. 그때는 제가 수신인이 되어 당신의 편지를 건네

받을 수 있다면 더 좋고요. 서로의 안녕을 묻고, 안녕을 바라면서 말이죠. 제가 바라는 게 너무 많은 것 같지만, 그만큼 당신이 행복하면 좋겠다는 마음이랍니다. 당신이 어디에 있든 그곳에서 언제나 안온한 하루가 이어지길 진심으로, 진심으로 바랍니다.

오늘도 고생 많았어요.
나중에 꼭 만나요.

그럼, 안녕!

깊은 겨울에,
용진 드림.

넓은 하늘. 너른 들. 푸른 바다.
행복을 유예하지 않겠다는 다짐.

쉰하나

조금 투박하더라도 사람 냄새나는 글이 좋다. 빈틈없이 정돈되어 있는 글도 좋지만, 어딘가 삐죽 튀어나온 글이 더 좋다. 글쓴이가 누구인지 궁금해진다면 더할 나위 없겠다. 수려한 글솜씨를 가진 사람은 많다. 그들은 멋진 어휘와 상상하지 못한 은유로 단순한 상황을 단순하지 않게 그려낸다. 때로는 그런 글을 읽으며 그들처럼 써보고 싶다 생각하기도 한다. 몇 번을 따라 쓰다 이내 접는다. 따라 하는 것엔 한계가 분명하다. 생긴 대로 살고, 쓰던 대로 쓰는 게 맞다. 어려운 단어는 쉬운 단어로 바꾼다. 길게 이어진 문장은 짧게 끊는다. 몇 번을 다듬고, 또 고친다. 그러다 보면 길었던 글이 짧아지고 두 문단이었던 글이 한 문단으로 합쳐지기도 한다. 줄어드는 분량이 아쉽지만, 군더더기 없는 글이 차라리 낫다.

가끔 독자분들로부터 책을 잘 읽었다는 연락이 온다. 막힘없이 술술 읽었다. 간결한 글 덕에 산책하듯 읽었다. 중간중간 숨어있는 위트에 피식하며 읽었다. 내가 쓰고도 (많이) 민망하지만, 다시 봐도 기분 좋은 말이다. 생각이 글이 되고 글이 책이 되어 독자에게 전해지는 순간, 저자의 역할은 끝난다. 그다음은 독자의 몫이다. 부족한 책도 좋은 독자를 만나면 좋은 책이 될 수 있다. 내 곁엔 좋은 독자가 많아 다행이다.

이름도 얼굴도 모르는 그들의 응원은 내일도 나를 쓰게 한다.

쉰둘

　광화문에 왔다. 160번 버스를 타고 광화문 정류장
에 내린 때가 하필 점심시간쯤이라 그런가 주변은 온
통 직장인 뿐이다. 언제나 직장인들로 붐비는 이곳이
지만, 오늘은 특히 더 많은 느낌이다. 간혹 조금은 다
른 외양의 관광객들 몇몇이 보일 뿐. 대부분은 코트
안에 얼핏 보이는 사원증을 한, 직장인이다. 그들 속
으로 들어간다. 일부러 들으려 하지 않아도, 얼핏 그
들의 말소리가 들린다. 특별하진 않다. 이 빌딩 2층에

식당이 있어요. 예약해 두었습니다. 오늘 비 안 온다고 했는데 갑자기 내리네요. 우산 챙기셨어요?

평범한 일상의 단어들. 점심 식사 메뉴를 공유하고, 날씨 이야기를 한다. 진심 어린 걱정인지 그저 침묵을 덮으려는 말인지는 모를 서로의 안부가 오고 간다. 그리고 아마도 한 시간여 뒤 북적이던 이곳은 조금 한산해질 것이다. 그들이 떠나고 생긴 공간엔 또 다른 무리의 사람들이 채울 것이고, 평소와 다름없는 붐비는 도시의 모습이 만들어질 것이다.

광화문에 온 건, 특별한 이유가 있기 때문은 아니다. 그저 집에서 한 번에 올 수 있는 버스가 있고, 이동네를 좋아하기 때문이다. 이곳에 올 때마다 바삐 움직이는 사람들의 표정을 구경한다. 찰나의 순간만으로 그들이 행복한지 행복하지 않은지 판단할 수는 없다. 있는 그대로 그들의 모습을 본다. 비슷한 것 같으면서도 다르고, 다른 것 같으면서도 비슷하다. 오묘한 그들의 표정은 뒤로한 채 길을 걷는다. 매번 들르던 교보문고는 잠시 뒤에 가기로 하고, 베이글이 유명한 카페에 들어선다. 항상 커피만 주문해 마시던 곳인데, 오늘은 왠지 남들처럼 베이글도 함께 먹어 보고 싶다.

고민 끝에 플레인 베이글과 따뜻한 롱블랙을 주문하고 빈자리를 찾아 앉는다. 넓지도 좁지도 않은 공간은 금세 가득 찬다. 조금 전 밖에서 봤던, 거리를 가득 메우던 그들 중 몇몇은 점심 식사로 베이글을 선택한 듯하다. 든든히 아침을 먹고 나온 나에겐 가벼운 간식일 뿐이지만, 그들에겐 남은 오후 일과를 해내기 위한 힘이 되는 음식인가 보다. 작고 동그란 빵이 식사가 되는지 궁금하지만, 나는 나대로 그들은 그들대로 맛있게 먹는다.

시간은 빠르게 흘러 한 시 십 분 전이다. 길게 늘어섰던 줄도 없고, 자리를 가득 채웠던 사람들은 하나둘 일어선다. 어떤 이는 짧은 한숨을 내쉬며 자리를 정리하고, 다른 어떤 이는 무덤덤하게 입가를 닦는다. 밖에서나 안에서나 그들이 행복한지 행복하지 않은지 판단할 수는 없다. 있는 그대로 그들의 모습을 볼 뿐이다. 시간에 맞춰 해야 하는 일도, 쫓기는 업무도 없는 나는 먹다 남은 베이글을 마저 먹고 그새 차갑게 식은 커피를 홀짝인다.

깔끔하게 정돈된 머리와 옷. 목에 맨 사원증. 또각또각 소리나는 신발. 숏비니로 덮은 머리와 통이 넓은 바지. 푹신한 운동화. 나와 그들은 같은 길을 걷고 같은 공간에서 같은 음식을 먹는다. 동시에 나와 그들은 다른 길을 걷고 다른 공간에서 다른 음식을 먹는다. 나와 그들이 행복한지 행복하지 않은지 판단할 수는 없다.

있는 그대로 우리의 모습을 볼 뿐이다.

쉰셋

"반짝이는 색들 사이에서 흐릿한 무채색으로 푸른 시절을 살았다. 북적이는 세상 속 한 사람이 되고 싶어 서울에 왔지만, 여전히 하루는 버겁다. 흘러가는 시간을 잠시 멈추고 이곳저곳에 발 디디며 몇 해를 보냈다. 여행하며 살아가길 여행하듯 살아 내길 꿈꾼다."

2022년 펴낸 『나, 잘 살고 있나?』 저자 소개 글이다. 전 국민이 적게는 한 살, 많게는 두 살씩 어려지는 만 나이 제도가 시행되기 전이었다. 스물아홉. 어렸을 적 바라본 스물아홉은 무언가 번듯하고 반듯하게 이뤄낼 것만 같은 나이였다. 하지만 나의 스물아홉은 어렸을 적 상상과는 많이 달랐다. 스물여덟이나 별반 다를 것 없는 매일에 걱정과 고민만 더 얹어질 뿐이었다. 설상가상. 엎친 데 덮친 격 이랄까.

그때 적었던 나의 소개. '반짝이는 색들 사이에서 흐릿한 무채색으로 지냈던 나의 학창 시절'. 모두가 반짝반짝 빛나는 것만 같았던 그때. 남들처럼, 남들보다 더 반짝이고 싶어 발버둥 쳤지만, 그저 그런 평범하고 특색 없는 '학생 1'이었던 나다. 지방의 평범한 공립 학교를 나와 그렇다고 위안하고 싶지만, 그중에서도 반짝 빛나던 친구들은 있었으니, 이유는 그게 아닌 듯하다. 내가 누구인지, 좋아하는 것은 무엇이고, 되고 싶은 것은 무엇인지 몰랐던 그 시절의 나는 흐릿한 무채색의 나날을 보냈다.

서울에 가면 뭐라도 될 것 같았다. 하지만 오늘도 나는 '북적이는 세상 속 한 사람'일 뿐이고, '하루는 버겁다'. 발 디디고 있는 장소만 바뀌었을 뿐 '학생 1' 에서 '서울 사람 1'이 된 셈이다. 매일 같이 사람에게 치이고 또 치이며 하루를 시작하고 끝낸다. 시끄러운 세상 속 나만의 조용한 섬을 찾는다. 들어가기도, 나오기도 어려운 섬. 그 섬 속에서 나만의 하루를 보낸다. 버거운 하루를 토해내고, 벅찬 숨을 내쉰다. 그리고 날이 밝으면 다시 세상 속으로 나아간다. 몇 년 전의 나도. 오늘의 나도. 별반 다르지 않다.

'이곳저곳에 발 디디며 몇 해를 보냈다.' 큰 이유는 없다. 익숙한 곳에서 벗어나고 싶었다. 낯선 곳에서 겪는 예상 밖의 일들에 나를 던졌을 뿐이다. 그리고 그곳에서 내가 어떻게 살아남는지 겪고 싶었을 뿐이다. 완벽한 성공이라 할 수는 없지만, 그리 나쁘지 않은 몇 해를 보냈다. 좋은 사람도 만나고, 나쁜 사람도 만났다. 어디나 다 비슷하다는 걸. 다 사람 사는 곳이라는 걸 알았다. 그 정도면 충분하지 않을까.

오늘도 여행을 꿈꾼다. '여행하며 살아가길 꿈꾸고, 일상을 여행하듯 산책하듯 살아 내길' 꿈꾼다. 꿈의 빛깔은 이전보다 조금 옅어졌지만, 그래도 꿈꾼다. 이 꿈의 끈이라도 놓치면 오늘을 살아 내기 힘들어질까 봐, 있는 힘껏 붙잡는다. 계속 붙잡고 있으면 뭐라도 되겠지 하며. 내일 일도. 아니, 당장 오늘 오후의 일도 어떻게 될지 모르는 게 사람 인생이라 하지 않았던가. 놓치지 않는 꿈의 끈이 새로운 시작의 동아줄이 될지 누가 알까. 비록 오늘 하루는 여행 같지 않았지만, 내일은 여행처럼 살 수 있을 거라 기대하며. 그렇게 하루를 마무리한다.

스물아홉의 나와 오늘의 내가 크게 다르지 않다. 신기할 정도로 비슷하다. 그때의 나는 알았을까. 그때 하고 있던 고민이 오늘까지 이어질지. 오히려 더 크고 깊어져 있을지 알았을까. 알았다면 하지 않았을 테다. 언제 끝날지 모른다는 생각에 시작조차 하지 않았을 테다. 차라리 다행이다. 뭐든 뭣도 모르고 시작하는 게 낫다. 설사 그게 고민일지라도. 시간이 흐를수록 애매하게 아는 게 많아진다. 나로부터, 남으로부터 보고 들은 것들이 켜켜이 쌓인다. 쌓이고 쌓여 때로는 디딤돌이 되기도 하고, 때로는 높은 벽이 되기도 한다. 디딤돌의 순간보단 높은 벽의 순간이 많은 것 같아 애석할 뿐이다.

아무것도 모르고, 무작정 한 걸음 내딛던 때가 그립다. 똥인지 된장인지 꼭 찍어 먹어봐야 직성이 풀렸던, 무식하고 용감했던 그때의 내가 그립다. 그래도 흐릿하게나마 보이는 그때의 나를 붙잡아 본다. 꽉 붙잡아 한 걸음 내디뎌 본다. 이 걸음이 어디로 향할지는 아무도 모르지만, 그래도. 일단 걸었다는 게 중요하니까. 지금은, 그거면 됐다.

쉰넷

　　몇 년 정도의 시간이면 오래된 사이라 말할 수 있을까. 오 년. 오 년은 조금 짧은 듯하다. 그러면, 십년. 요즘엔 아닌 듯하지만, 한때 십 년이면 강산도 변한다 했으니 그 정도면 꽤 오랜 시간이라 할 수 있을 것 같다. 어젯밤 십 년이 훌쩍 넘는 세월 동안 서로에게 친구의 역할을 다하는 중인 몇몇을 만났다. 각자가 소속된 직장에서의 역할은 벗어 둔 채 그저 친구로서 존재한 몇 시간은 퍽 행복했다. 그 시절의 친구를 만나면 그 시절의 이야기를 한다고 하던데, 나와 이들은 그렇지 않다. 그 시절을 지나, 오늘에 이르기까지 겪었던 수많은 일들을 공유해서일까. 학창 시절 선생님의 성함이나 반장의 이름보다는 서로의 직장 상사나 동료의 이름이 입에 더 많이 오르내린다.

각자의 삶 속에서 겪은 일들을 가감 없이 토해낸다. 생활의 반경이 겹치지 않아 가능한 이야기들. 뒷담화라면 뒷담화일 수 있겠다. 누군가의 이야기를 뒤에서 한다는 게 물론 좋지는 않지만, 오랜 친구와의 술자리에서 이 정도의 이야기는 괜찮지 않을까. 고기를 뒤집고 쌈을 싸며 꿀꺽 삼켜버리면 꽉 막혔던 속이 어느 정도 뚫리지 않을까. 우리는 서로의 이야기를 들어줄 뿐이다. 내 이야기를 네가 듣고, 네 이야기를 내가 듣는다. 함께 욕하고, 함께 화낸다. 고기가 타지 않게 중간중간 살피고, 줄어든 소주병을 확인하며 한 병 더 주문한다.

특별하지 않은 우리의 시간이 지금껏 얼마나 쌓였

을까. 앞으로 얼마나 쌓일까. 서로에게 애쓰고 힘쓰지 않아도 되는 이 시간 덕에 우리는 오늘에 이르렀다. 이것이 평범한 삶이라면 평생을 이렇게 살고 싶다. 이 정도면 충분히, 더할 나위 없는 삶이지 않을까.

쉰다섯

문득 단 한 번도 밖에서 혼자 술을 마셔 본 적이 없다는 깨달음 아닌 깨달음을 얻었다. 소설책을 읽다가 얻은 깨달음인데, 책 속의 화자는 매번 가는 단골 술집에 들어서며 몇 명인지 묻는 직원에게 혼자라고 말한다. 혼자 밥도 잘 먹고, 혼자 영화도 잘 보고, 혼자 여행도 잘 가는 내가. 왜 혼자 술 한 잔 마셔본 적이 없을까. 술이 밥과 영화와 여행과 다른 점이 있는 걸까. 있다면 무엇이 다른 걸까. 나도 책 속의 화자처

럼 혼자 술집 문을 열고 검지 손가락 하나를 당당히
펴 보이고 싶다.

그럼 일단, 단골 술집을 만들어야 하나. 너무 시끄
럽지 않은 그렇다고 너무 조용하지도 않은 적당한 소
음. 또 너무 밝지도 그렇다고 너무 어둡지도 않은 적
당한 밝기. 또 너무 친절하지도 그렇다고 너무 무뚝뚝
하지도 않은 주인장. 음식은 간단하지만 안주 같기도,
식사 같기도 했으면 좋겠고, 술은 비싼 위스키나 칵테
일보다는, 소주나 맥주면 좋겠다. 막걸리는 다음 날이
두려우니 괜찮다. 이 정도. 이 정도면 단골 술집 할 만
하다.

내가 단골 술집 하나 없는 이유를. 혼자 술 한 잔
해 본 적 없는 이유를 알 것도 같다.

쉰여섯

　망원동에 왔다. 삼월치곤 쌀쌀한 날씨에 사람들의
옷은 두툼하다. 물론 나도 그렇다. 도리어 지난 이월
보나 춥게 느껴지는 삼월이랄까. 입지 않던 조끼도 꺼
내 입고, '이제는 안 쓰겠지.'하며 서랍 깊숙이 넣어두
었던 목도리를 다시 꺼내 둘렀다. 단단히 채비하고 온
덕일까. 망원동 이곳저곳을 둘러보기엔 충분한 따뜻
함이 몸을 감싼다. 망원동은 내가 사는 곳에서 사 호
선을 타고 삼각지역에서 한 번 환승해 몇 정거장을 더

가야 도착하는 곳이다. 한 시간여 걸리는 곳인데, 조용한 곳을 찾을 때면 고민 없이 들르는 동네다.

물론 망원동도 시끌벅적하다. 오히려 다른 곳보다 더하면 더했지, 덜하진 않다. 망원시장부터 한강공원까지. 사람들이 좋아할 만한 것들이 곳곳에 자리한다. 하지만 어디나 시끌과 벅적의 틈 사이에는 조용한 곳들이 자리하는 법이다. 이미 가려고 생각한 곳은 마음에 두고서 목적 없이 망원시장으로 걸음을 옮긴다. 배가 고픈 것도, 눈요기를 하고 싶은 것도 아니지만, 그래도 시장 근처에서 시장을 외면하기란 쉽지 않으니 한번 둘러보는 정도. 유혹에 약한 나는 누구도 유혹하지 않았지만, 달콤하고 짭짤한 호떡의 유혹에 넘어가 버렸고, 눈요기가 금세 입요기가 되었다.

주중의 망원시장은 나름 한산하다. 주말에도 비슷하려나 생각하고 왔다 호되게 당하고부터는 주중에만 들른다. 가끔 한산하지만 언제나 활기찬 곳. 적막과는 멀리 거리를 둔 곳. 얼음 위엔 생선이, 빨간 플라스틱

소쿠리엔 달래가, 철판 위엔 호떡이 가득한 곳. 오가는 사람만큼이나 다양한 것들이 오늘의 활기를 담당한다. 갖가지 빛깔과 호방한 웃음과는 조금 동떨어진 나지만, 오늘만큼은 이곳답게 웃고 이들의 빛깔에 물들어 본다.

가려고 했던 곳은 새롭게 알게 된 카페다. 이름을 말하면 누구나 알 법한 출판사에서 운영하는 곳인데, 조용하고 작업하기 좋아 또 가려던 참이었다. 그런데 갑자기 다른 곳을 가고 싶어졌다. 예상보다 더 짧고, 기대보다 더 달았던 호떡 탓인가 싶지만, 역시 이유는 없다. 원래 가려고 했던 곳을 향해 걷다 새로이 끌리는 곳이 있었을 뿐이다. 새로 오게 된 곳도 이름을 말하면 누구나 알 법한 서점에서 운영하는 카페. 출판사에서 운영하는 카페를 가려다 서점에서 운영하는 카페에 왔다. 변덕스러운 끌림이지만, 변하지 않는 끌림이기도 하다.

적당히 밝은 빛 아래에서 챙겨온 몇 권의 책을 번

갈아 읽다, 조금씩 감춰두고 숨겨두었던 마음을 끄적인다. 쓰지 않으면 금세 휘발되는 마음들. 짧게라도 메모해 두지 않으면 어떤 생각을 했는지, 어떤 마음을 먹었는지 잊고 만다. 누군가에게 축복인 망각이, 다른 누군가에게는 슬픔이 된다. 지나간 모든 순간을 기억하는 건 끔찍하지만, 꼭 기억하고 싶은 순간을 잊고 산다는 건 더 끔찍하다. 흐릿해진 마음을 적는다. 웃음이 가득했던 순간을 적고, 눈물이 맺혔던 순간을 적는다. 사이사이 무용한 것들도 적는다. 모든 순간과 기록이 쓸모로 가득하다면 숨이 턱하고 막힐 것만 같다. 무용한 걸음과 무용한 기록. 무용한 여행이 쌓여 언젠가 쓸모 있는 나를 만들어 주지 않을까.

언젠가를 바라보며 오늘도 걷고, 먹고, 쓴다. 너무 열심히는 아니다. 적당히 걷고, 적당히 먹고, 적당히 쓴다. 이 정도면 충분한 오늘이었다 싶을 정도로만. 걸었던 걸음이 다시 생각나고, 먹었던 음식이 그리울 정도로만. 언제나 쓰는 사람이 될 수 있을 정도로만. 내일은 또 어디를 갈까 기대할 정도로만.

그 정도로만 마음을 쓰기로 한다. 작은 그릇에 담긴 마음을, 그래서 아껴 써야만 하는 마음을 가진 요즘이다.

쉰일곱

    '결'. 성품의 바탕이나 상태. 사전에서 말하는 결의 정의는 사전답게 각지고 딱딱하다. 내가 생각하는 결은, 방향과 뉘앙스다. 빠르고 느린 것 이전에 방향이 같은지. 그리고 그 안에서 드러나는 미묘하고 오묘한 차이가 크지 않은지. 그것들의 총합이 모여 '결이 같다.' 혹은 '결이 비슷하다.'라고 말한다. 결이 같은 사람은 티가 난다. 그 티는 단번에 나기도 하고, 시간이 조금 흐르고 몇 번 얼굴을 마주하며 이야기 한 후에 나기도 한다. 대부분의 사람은 좋은 첫인상을 위해 있는 힘껏 노력한다. 좋은 첫인상에 속아 실망하기도 하고, 서운하기도 했던 기억 탓에 처음 느낌을 오롯이 믿지는 않는다. 몇 번의 만남이면 같은 결인지, 반대 결인지 대강 알 수 있다.

같은. 혹은, 비슷한 결의 사람을 만나면 몸도 편하고 마음도 편하다. 하지 않아도 되는 말을 일부러 속에서 끄집어내지 않아도 된다. 가고 싶지 않은 곳을 억지로 가지 않아도 된다. 침묵이 어색하지 않고, 끊임없는 대화도 벅차지 않다. 이런 성격은 어제도, 한 달 전에도, 몇 해 전에도 별반 다르지 않았다. 이십 대 중반. 한창 세상을 배우고 사람에게 치이던 때, "나는 결이 맞는 사람하고 이야기하는 게 좋아."라고 누군가에게 말한 적이 있다. 꽤나 가까운 사이였는데, 그는 곧장 "그래 너 그런 것 같아. 근데 가끔 그게 선 긋는 것 같아. 뭐랄까 철벽 느낌." 그때 느꼈던 감정이 정확히 기억나진 않는다. 아마 들은 이야기를 며칠이나 곱씹었을 테다. 내가 정말 그런 사람인지 수십 번, 수백 번, 그 이상 생각했을 시절의 나다.

오늘, 같은 이야기를 듣는다고 해서 크게 다르진 않다. 다만, 수백 번 고민하던 걸 수십 번으로 줄일 테고, 며칠 곱씹을 걸 하루 이틀로 줄이는 정도. 딱 그 정도 될 것 같다. '결'과 '선'은 한 끗 차이처럼 보이지만, 하늘과 땅 차이다. '결'은 물이 넘쳐 흐르지 않도록 흙으로 쌓아 만든 둑방 같은 것이다. 길을 따라 사람이 걷고, 이름 모를 꽃도 피는 곳. 물결이 세면 조금 흘러내리기도 하고, 햇빛이 강한 날엔 젖었던 흙이 딱딱히 굳기도 하는, 그런 둑방. 하지만 '선'은 다르다. '선'은 흙이 아닌 콘크리트와 굵은 철근이 촘촘하게 엉켜 있는 댐과 같다. 그 안에 수백만 톤의 물을 가득 담아두고 비가 와도 바람이 거세도 절대 무너지지 않는, 무너져서는 안 되는 그런 댐.

결은 영구적이지 않다. 가끔 이리 가기도 하고, 저리 가기도 한다. 선은 명확하고 단단하다. 넘어와서는 안 되고, 넘어가서도 안 된다. 물론 가끔 댐이 무너지

기도 하고, 둑방이 댐이 되기도 하지만, 흔한 일은 아
니다. 둑방은 둑방으로 있을 때, 댐은 댐으로 있을 때
가 온전하다. 같은 결의 사람과 대화하길 좋아하지만
다르다고 해서 선을 긋진 않는다. 그저 같은 결일수록
물 흐르듯 대화가 이어질 뿐이다.

조금 더 부드러운 결을 가진 사람이 되고 싶다. 잔
뜩 날이 섰던 이십 대를 지나 조금은 뭉툭해진 삼십
대의 나를 바라본다. 시간이 지나고 여러 사람을 만나
며 깎인 나의 모남이 싫지만은 않다. 깎이고 깎여 둥
글둥글 둥그런 사람이 되면 더 좋겠다. 나도 찔리지
않고 누구도 찌르지 않는 그런. 둥그런 사람.

쉰여덟

좁고 어두운 방 안에서 맞이하는 매일 아침, 언제나 나의 시선과 걸음은 넓고 밝은 밖을 향한다. 무거운 맥북과 여러 권의 책. 근래엔 혹시 너무나 글이 잘 써져서 종일 맥북을 쓰다 배터리가 닳으면 어쩌나 싶어 충전기도 챙기기 시작했다. 물론 한 번도 써 본 적은 없다. 동네 카페든, 동네 삼고 싶은 동네 카페든 넉넉한 시간을 보낼 수 있을 만한 곳이면 어디든 간다. 그리고 그곳에서 적게는 커피 한 잔. 많게는 두세 잔

마시며 시간을 보낸다.

그날의 과업은 날마다 다르다. 어제와 오늘이 비슷한 것 같고, 내일도 크게 다르지 않을 듯하지만, 자세히 보면 다르다. 물론 그 차이는 나만 안다. 어제는 이 산문집을 요만큼 읽었다면, 오늘은 이 소설집을 요만큼 읽는 정도의 차이다. 가장 큰 과업은 쓰는 일이다. 어떤 일이든 가장 중요한 일이 가장 어려운 법이다. 어려운 일은 미루고 미루다 더 이상 갈 곳 없는 낭떠러지에 이르러서야 꾸역꾸역하는 것 아니던가. 특히나 마감 기한 없는 글쓰기는 바람 한 점 없는 망망대해에 나무판자 하나 놓고 누워 있는 것 같은 기분이다. 망망대해까지 어떻게 흘러왔는지 모르지만, 눈 떠보니 하늘 아래 나뿐인 바다 위에 놓인 기분.

막막함에 무서움까지 덮칠 때면 눈을 꼭 감는다. 그리고 나의 글이 아닌 남의 글을 펼친다. 그 안은 별천지다. 추운 겨울, 아늑하고 따뜻한 오두막 안에서 마시멜로 동동 떠 있는 달큰한 핫초코 한잔하며, 차창

밖 떠 있는 달과 별을 보는 것 같다. 망망대해에서 어디로 나아갈지 몰라 둥둥 떠 있기만 했던 나에게 이보다 더한 피난처는 없다.

세상에 멋진 사람은 참 많다. 글 잘 쓰는 사람도 많다. 가끔은 이렇게까지 잘 쓸 일인가 싶을 정도로 샘이나 질투하기도 한다. 역시 옹졸한 나다. 막힘없이 쭉쭉 읽히는 그들의 글을 읽는다. 평범한 듯하지만, 비범하다. 어려운 듯하지만, 쉽다. 단순한 감정과 감상의 나열인가 싶지만, 그 안엔 분명한 메시지가 있다. 가끔은 번뜩이는 단어로 새로움을 접하게 하기도 하고, 보통의 단어만으로 쓰인 번뜩이는 글을 만나기도 한다.

며칠 전 몇몇 제작자와의 모임에서 종이책의 미래에 관해 이야기한 적이 있다. 대단한 토론의 장은 아니었고, 빈 맥주 캔이 누워있고, 절반 정도 비워진 소주병이 서있는 자리였다. 자극이 판치는 시대. 십 년이 걸린다던 강산의 변화는 일 년, 한 달, 하루로 줄어

든 지 오래다. 종이책보다는 작은 화면에서 보여주는
짧은 영상이 일상을 채운다. 세상은 변한다. 변하는
세상에서 사람도 변하고, 사람이 변하니 자연스레 문
화도 변한다. 말 그대로 자연스러운 변화다.

변화하고 있고, 이미 변화한 오늘의 세상에서 꿋
꿋하게 종이책을 쓰고 만드는 우리는 과연 어떤 사람
들일까. 도태된 사람일까. 굳건한 사람일까. 올드일
까. 클래식일까. 오가는 우리의 말 속에 정답은 없다.
그저 지금껏 이어진 종이책의 세상이 조금 더 이어지
길 바랄 뿐이다. 책이 사람을 잇고 사람이 또 사람을
잇는 세상이 끊어지지 않길 바랄 뿐이다. 잔혹하고 냉
정한 이 세상에서는 찾는 사람이 없으면 무엇이든 사
라지고 만다. 당장은 사라지지 않더라도 서서히, 끝끝
내 사라진다.

과연 종이책의 생명은 언제까지 이어질까. 책을
사러 서점을 찾고, 서점에서 주인의 취향을 발견하고,
몰랐던 나의 취향을 알게 되는 일은 언제까지 이어질

까. 고민하다 집어 든 책을 가방에 넣어 집으로 가져와 한 장씩 읽는 우리의 밤은 언제까지 이어질까. 책장 깊숙이 자리한 오래된 책의 먼지를 털고 묵은 종이 냄새와 함께 조금은 낯선 문체로 쓰인 이야기를 읽는 날은 언제까지 이어질까.

읽는 사람이 있어야 쓰는 사람이 있다. 이런 핑계로 쓰는 일을 게을리하는 건 아니지만, 요즘은 읽는 게 더 즐겁다. 책 표지를 손으로 만지며 질감을 느끼고, 내지를 한 장 한 장 넘기며 활자를 읽는 과정이 좋다. 즐겁고 좋다는 말로는 부족한데, 역시나 나의 표현력은 아직 한참 모자라다. 더 읽어야겠다. 더 읽고 더 써야겠다. 누가 시키지도 않은 일을 이토록 잘하고 싶은 걸 보면 나는 이 일을 정말 사랑하는가 보다.

여러분 종이책을 사랑해 주세요.

쉰아홉

환대(hospitality)는 별거 아닌 것처럼 보여도 별거 아닌 게 아니다. 돈을 지불하고 그에 맞는 제품을 받는 관계라 하더라도 말이다. 사람이 사람의 눈을 마주치고 한 손보단 양손을 사용하는 일. 손님이 주위를 두리번거리며 앉을 자리를 찾을 때, 의자는 부족하지 않은지 먼저 묻는 것. 당연한 듯 보이지만, 언제나 당연한 게 가장 어려운 법이다.

환대를 받는 사람도 응당 그에 맞는 행동이 뒤따라 주면 더할 나위 없다. 장소에 맞는 언어를 사용하고 말소리의 크기를 신경 쓰는 일. 앉았던 의자는 안으로 넣고, 문을 나설 때 전해지는 안녕히 가시라는 말에 가벼운 목례 정도 하는 것. 다 사람이 하는 일 아니던가. 나도 사람이고 남도 사람이다. 서로에게 환대해서 나쁠 일은 없다. 당연한 기본이 자리한 곳은 언제나 사람으로 붐빈다. 모르는 것 같지만, 모두 알고 모두 느낀다. 그곳이 환대가 있는 곳인지, 없는 곳인지. 사람이 사람으로 존재하는 곳인지, 아닌지. 모두 알고 모두 느낀다.

예순

여행을 준비한다. 간단하다면 간단하고, 복잡하다면 복잡하다. 어디로 떠날지. 얼마나 떠날지. 혼자 갈지. 함께하는 사람이 있을지. 익숙지 않은 곳으로 향하는 여정은 준비와 계획부터 시작된다. 여행이라는 말만 들으면 마냥 즐겁고 기쁘기만 했던 예전과는 사뭇 다르다. 물론 지금도 매 순간 여행을 꿈꾸고, 언제나 떠나길 바란다. 하지만, 마음 한편에 불안함이 굳건히 자리해서일까. 텅 빈 마음으로 떠났던 여행이 언제였나 싶다. 새로움을 채우려면 비움이 있어야 하는 데, 비어있어야 할 자리에 불안이 차지하고 있는 요즘이 야속하다.

그래도 준비한다. 되도록 귀가 낯선 곳이었으면 좋겠다. 매일 비슷한 말을 들으며 지내는 요즘이다. 여행할 때만큼은 조금 덜 듣고, 덜 이해하면 좋겠다. 너무 많은 걸 듣는다. 굳이 듣고 싶지 않은 말과 소리를 듣는다. 며칠이라도, 몇 주라도 덜 듣고 덜어내는 시간을 갖고 싶다. 그러다 보면 다시 열심히 듣고 채우는 시간을 바라지 않을까. 채움을 위한 비움이라 믿는다.

아마 혼자 떠나지 않을까. 누군가와 함께하는 여행도 좋지만, 혼자 거니는 여행은 그보다 더 좋다. 가끔 찾아오는 헛헛함은 어쩔 수 없다. 이미 겪고 아는 헛헛함이니, 조금은 익숙한 모양으로 찾아오지 않을까 기대한다. 혼자 하는 여행은 왼쪽으로 갈지 오른쪽으로 갈지 정하는 것부터, 무엇을 먹고 마실지, 언제 자고 언제 일어날지, 하나부터 열까지 스스로 정해야 한다. 누군가 대신하지 않는다. 내가 하지 않으면, 할 사람은 아무도 없다. 그래서 막막하지만, 그래서 든든하다. 의지할 사람은 나뿐이니, 나만 잘 하면 된다. 나를 온전히 믿는 시간이다.

큰 기대는 하지 않는다. 대신 작지만, 옹골찬 기대로 채우고 있다. 새로운 변화나 새로운 도전을 바라지 않는다. 든든한 한 끼를 먹길 바라고, 하늘을 오래 볼 수 있길 바란다. 비가 내리는 것에 짜증 내지 않고, 부는 바람을 피하지 않길 바란다. 조금은 불편한 잠자리에도 잘 자고 일어나, 오늘은 무얼 할까 설레며 고민하는 매일이 이어지길 바란다. 적고 보니 절대 작지 않다. 크고 옹골찬 기대를 품고 있다.

떠나지 않아도 알 수 있다면 좋겠지만, 떠나야만 알 수 있는 것들이 있다. 그리고 때로는 그것들이 일상을 바꿔 놓기도 한다. 새로운 곳에서 만나는 새로운 순간과 새로운 사람들. 그들을 통해 보는 그들의 세상은 나의 세상을 바꾼다. 그리고 바뀐 세상에서 새로운 일상을 살아간다. 일상이지만 일상 같지 않은 순간들. 비일상의 순간이 쌓여 이야기가 되고, 이야기는 곧 내가 된다.

새로운 이야기를 기대한다.

새로운 나를 기대한다.

공간은 사람을 닮는다.
공간을 채우고 있는 소리. 공간에 깊게 벤 향.
잦은 손길에 닳아버린
오래된 테이블의 끄트머리까지.

공간은 사람을 닮고, 사람은 공간을 닮는다.

예순하나

좋아하는 노래. 좋아하는 음식. 좋아하는 카페. 좋아하는 식당. 좋아하는 사람.

나의 시간과 공간을 좋아하는 것들로 채우고 있다. 싫어하는 노래. 싫어하는 음식. 싫어하는 카페. 싫어하는 식당. 싫어하는 사람에게는 마음을 주지 않는다. 좋아하는 것을 동시에 누리기도, 따로 누리기도 한다. 좋아하는 카페에서 좋아하는 노래를 들으며 좋아하는 사람과 대화하기도 하고, 좋아하는 식당에서 혼자 밥을 먹기도 하며, 편안한 집에서 좋아하는 음식을 먹기도 한다. 그게 무엇이 되었든 좋아하는 것들을 찾는다. 그러다 보면 싫었던 나의 모습도 좋아지지 않을까. 싫었던 오늘 하루도 좋아지지 않을까 하며 찾고 또 찾는다.

동시에 조금의 빈틈과 여지를 둔다. 항상 좋아할 것만 같던 것들이 그렇지 않을 수 있다는 여지. 좋아하던 노래. 좋아하던 음식. 좋아하던 카페. 좋아하던 식당. 좋아하던 사람이 될 수도 있다는 여지. 여지없이 확신에 가득 찬 선택과 그 선택을 하는 사람이 멋져 보일 때가 있었다. 흔들리지 않는 가치관과 신조. 그리고 그것들을 실제 삶으로 살아내는 사람들을 보며 남몰래 동경했다. 그들은 얼마나 삶에 확신이 있길래 그토록 올곧은 자세로 서 있으며, 확신의 길로 걷는 걸까 생각했다.

그래서 그들을 따라 하기도 했다. 나도 올곧은 척

했고, 확신의 길로만 걷는 척했다. 하지만 나는 뱁새였다. 다리가 짧은 뱁새가 분수에 맞지 않는 걸음으로 걷다가는 가랑이가 찢어진다. 몇 번의 넘어짐과 찢어짐을 겪고 나서야 알았다. 황새인 줄 알았는데 뱁새였다는 걸 알았고, 빈틈없는 확신보다 약간의 틈을 둔 여지가 뱁새의 가랑이에 맞다는 걸 알았다.

어쩌면 그 틈과 여지가 나를 살게 하는지도 모른다. 좋아하던 게 싫어지듯, 싫어하던 게 좋아지기도 하는 여지가 내일을 기대하게 한다.

혹시 모른다.

언젠가 오이를 먹게 될지 모른다.
언젠가 서울을 떠나게 될지 모른다.

뱁새의 다리에 맞게 걷고
뱁새의 날개에 맞게 파닥일 뿐이다.

예순둘

어느덧 봄이다. 경칩은 지난 지 오래고, 춘분마저 지났다. 이러다 금세 여름이 올 텐데. 아직 봄을 맞이할 준비도 되어있지 않다. 세상은 겨울옷을 벗은 지 오래지만, 나는 아직 두툼한 옷을 입고 잔뜩 웅크린 채 길을 걷는다. 몸도 마음도 웅크린 하루를 이제는 벗어낼 때가 되었나 생각한다. 겨우내 움직임이 줄어 몸은 커졌고, 웅크린 몸 안에 숨은 마음은 쪼그라들었다. 커진 몸에 자리 한 쪼그라든 마음은 이리 움직이

고 저리 움직인다. 이리 치이고 저리 치인다는 말이
더 어울린다. 누가 치지 않아도 내가 치고 내가 맞는
다. 그러다 지쳐 커진 몸에 숨는다. 아무렇지 않은 척,
괜찮은 척한다. 너스레와 능청이 가득했던 겨울이다.

나의 겨울은 안정과 안주 사이 어디쯤 자리한다.
둘 사이는 가깝고도 멀다. 이리 움직이고 저리 움직이
는 마음 따라 둘 사이를 오간다. 안온한 내일을 꿈꾼
다. 조용하고 편안한. 바람이 없고 따뜻한. 나의 안온
한 하루는 언제쯤 올까. 매일이 안온하면 재미가 없으
려나. 실없는 생각을 해본다.

산수유나무에 노란 꽃이 피었다. 산꼭대기엔 아
직 엊그제 내린 눈이 쌓여 있지만, 산 아래 나무는 벌
써부터 봄옷을 입었다. 매섭고 찬 바람이 떠난 자리에
부드럽고 포근한 봄바람이 분다. 가벼워진 겉옷만큼
이나 가벼운 마음으로 사뿐히 걸어 다니는 사람들이
길을 오간다. 생동하는 봄이다.

봄에 묻은 겨울을 훌훌 털어버린다. 웅크린 몸을 펴고, 쪼그라든 마음도 편다. 가벼워진 옷에 꼭 맞는 홀가분한 마음을 준비한다. 오랜만에 온 본가에 자리한 새 화분들. 길에서 마주친 산수유꽃. 조금은 따가울 정도로 반짝이는 봄볕. 선명하게 반짝이고 부드럽게 움직이는 봄을 마주한다. 사계절의 이름 중 유일하게 한 음절인 봄. 그래서일까, 어느 계절보다 짧고 스치듯 지나가는 계절이 봄이다. 이미 성큼 다가온 봄을 이번엔 꼭 마주하고 싶다.

봄이다.

봄이 왔다.

예순셋

매일 아침, 핸드폰 알람에 잠에서 깨며 옆에 놓여 있는 시계를 본다. 굳이 알람을 맞추지 않아도 되지만, 알람마저 맞추지 않으면 하루를 통째로 날릴 것만 같아 인위의 소음으로 하루를 시작한다. 자연스럽지 않은 인위의 오늘은 그렇게 움튼다. 작은 싱글 사이즈 침대에서 뒤척이며 떨어지지 않으려 용쓰다 이내 침대를 벗어난다. 그리고 또다시 시계에 눈을 고정한다. 이렇게 꾸준할 수가 없다. 건전지가 다 되어 한 번 멈

쳤을 때를 빼고는 늦어지지도, 빨라지지도 않는 동그란 시계를 뚫어져라 본다. 대부분은 내가 눈을 내리깐다. 사실, 모든 순간에 나는 시계에 굴복한다. 통통하고 짧은 시침. 통통하고 긴 분침. 그리고 그 둘보다 날씬한 초침. 꾸준한 시계의 움직임은 내 하루의 시작을 재촉한다.

어제와 크게 다를 것 없는 오늘이 시작된다. 여전히 시계는 늦어지지도, 빨라지지도 않는다. 변함없이 한 바퀴를 돈다. 그렇게 몇 번의 동그라미를 그리다 보면 하루는 끝이 난다. 어제의 끝남과 동시에 새로운 오늘의 시작이 온다. 지나간 끝에 이은 새로운 시작에도 시침과 분침, 초침은 지치지 않고 꿋꿋이 돌고, 또 돈다. 돌고 도는 시계의 틈에 낀 나의 하루는 짧다. 알차게 보내 짧은 게 아니라 허송하게 보내 짧다. 시끄러운 무소음 시계의 소란스러운 움직임은 그저 그렇게 흘러가는 나의 하루를 선명하게 보여준다. 야속하다 해야 할까. 고맙다 해야 할까.

"인생 길다~ 멀리 보고, 길게 봐~"

어느 때보다 인생을 짧게 보고 가까이만 보는 요즘. 그래서 야속한 하루하루가 쌓여가는 요즘. 내 귀에 들어와 도통 나갈 생각을 하지 않는 한 줄이다. 하루, 또 하루. 토막 난 일상을 살아간다. 그런 와중에 들은 "길게 보고 멀리 보라"는 말은 무책임하다 생각했다. 시간이 해결해 준다는 말처럼. 본인이 아니기에 할 수 있는 말이라 치부했다. 하지만 시간이 해결해 준다는 게 결국은 맞는 말인 것처럼, 인생도 길게 보고 멀리 보는 게 맞을 것 같다는 생각이 든다. 시침과 분침과 초침의 강박에서 벗어나고 싶다. 흘러가는 시간을 티 내듯 소리 내는 시계와 시간의 압박에서 벗어나고 싶다.

시계를 보지 않는다고 시간의 압박에서 벗어나진 못한다. 눈으로 보고, 귀로 듣지 않을 뿐 시간은 멈추지 않는다. 오늘이 어제가 되듯, 내일도 결국 오늘이 된다. 다가올 내일을 기대하고 싶다. 두근두근하는 마음까지는 아니더라도, 담담하게 내일을 맞이하고 싶다. 지나간 시간에 얽매인 어제는 흘려보내고, 조금은 설레는 마음으로 오늘을 살고, 내일을 꿈꾸고 싶다. 그러다 보면 굳이 길게 보려 애쓰지 않아도 길게 보고, 멀리 보려 힘쓰지 않아도 멀리 볼 수 있지 않을까. 멀뚱히 시계만 쳐다보며 더 이상 흐르지 않길 바라는 텅 빈 생각은 안 할 수 있지 않을까.

하나에 기뻐하고 하나에 슬퍼하는 하루가
조금은 벅차다.

하지만, 여전히

하나에 기뻐하고 기뻐하며,
하나에 슬퍼하고 슬퍼하는 오늘이다.

나가며

기쁨과 슬픔은 먼 것 같으면서도 가깝습니다. 기
쁨인 줄 알았던 상황과 사람이 슬픔일 수 있고, 슬픔
인 줄 알았던 상황과 사람이 기쁨일 수 있습니다. 단
순히 좋음과 싫음으로 나누기에 그 둘은 서로가 서로
에게 엉겨 붙어 떨어지지 않는 사이 같습니다. 그 둘
사이에 끼어 매일을 살아갑니다. 오늘은 기쁨에 조금
더 닿았다면, 내일은 슬픔에 조금 더 닿습니다. 이리
끌려가고 저리 끌려가는 일희일비의 삶은 때로 고단

하고 자주 힘이 듭니다.

기쁨 뒤엔 슬픔이, 슬픔 뒤엔 기쁨이 이어지는 삶 속에서 허우적대는 제 모습을 바라봅니다. 삶을 가르는 능숙한 헤엄과 삶에 침잠한 필사의 몸짓은 멀리서 보면 크게 다르지 않습니다. 하지만 가까이 다가가 보면, 살고자 하는 몸짓인지 살아 내는 헤엄인지 단번에 알 수 있습니다. 물론 그 둘은 삶이라는 바다에서 함께 이루어집니다. 일단 바다에 들어갔다는 게 중요한 것이겠지요.

모르고 지나쳤든, 알지만 외면했든 존재했고 존재하는 기쁨과 슬픔을 가까이 들여다보았습니다. 그리고 그때의 상황과 사람을 글로 옮겼습니다. 글로 쓰고, 읽는 지난 하루하루는 제법 또렷합니다. 선명한 기억은 역시나 기쁨이 되기도 하고 슬픔이 되기도 합니다. 변함없는 오늘을 살아가는 제 모습을 바라봅니다.

당신의 하루는 어땠는지 궁금합니다. 기쁨이 가득했는지. 슬픔에 잠겼었는지. 그도 아니면, 기쁨과 슬픔이 한데 섞인 복잡한 날이었는지 궁금합니다. 무엇이 되었든, 기쁨도 슬픔도 충실히 느끼길 바랍니다. 기쁨을 감추지도, 슬픔을 덮지도 않길 바랍니다. 마음껏 기뻐하고, 충분히 슬퍼하길 바랍니다. 하나에 기뻐하고, 하나에 슬퍼하는 게 싫다면 하나에 기뻐하고 기뻐하며, 하나에 슬퍼하고 슬퍼하길 바랍니다.

남의 감정을 신경 쓰고, 남의 목소리만 들으며 살던 어제를 흘려보냅니다. 나의 감정과 나의 목소리에 귀 기울이는 오늘을 살아갑니다. 남들처럼 무던한 사람이 되고 싶었지만, 아마 그건 어려울 것 같습니다. 대신, 기쁨이든 슬픔이든 무뎌지지 않는 사람이 되려 합니다. 거울 속에 비친 나의 모습을 오롯이 바라봅니다. 남에게 잘 보이려 꾸민 모습이 아닌, 온전한 나의 민낯을 바라봅니다.

나를 잃지 않는 것만큼 중요한 건 없다고
나에게 말합니다.

나를 잃지 않는 것만큼 중요한 건 없다고
당신에게 말합니다.

일희희일비비

초판 1쇄 발행 2024년 7월 3일

지은이 용진(@victor_yongjin)
편집 용진
디자인 용진
펴낸곳 어바아웃북스(@aboout_books)
출판등록 2020년 9월 23일
        제 2020-000042호
메일 aboooutbooks@gmail.com
ISBN 979-11-972111-5-7 (02810)